脚本：徳永友一
ノベライズ：蒔田陽平

ONE DAY
～聖夜のから騒ぎ～
（上）

JN122477

扶桑社文庫
0809

本書はドラマ『ONE DAY〜聖夜のから騒ぎ〜』のシナリオをもとに小説化したものです。

小説化にあたり、内容には若干の変更と創作が加えられておりますことをご了承ください。

なお、この物語はフィクションであり、実在の人物・団体とは無関係です。

クリスマス。
あなたは誰と過ごしているだろうか。
家族。
恋人。
それとも――。
人の数だけ答えがある。
そして、この街にはいくつもの顔がある。
奇跡が起こる聖なる夜、彼と彼女と彼の、三つの物語が重なっていく。

1

青、紫、赤、黄、緑……色鮮やかな百万ものLEDライトが巨大な花を闇のなかに咲かせている。その色は刻々と変化し、まるで夜空のはるか向こう、遠い宇宙にいる誰かに深淵なるメッセージを伝えているかのようだ。

横浜の夜を彩る花、コスモワールドの周辺では、たくさんの人が行き交い、クリスマス・シーズンの夜を思い思いに楽しんでいる。

そのとき、対岸の埠頭に一発の銃声が響きわたった——。

勝呂寺誠司《すぐろじせいじ》はゆっくりと身を起こした。落ちている拳銃に気づき、無意識のうちに手に取り、立ち上がる。ふと、自分の横に仰向けで倒れている男の姿が目に入り、視線を向ける。街灯のわずかな光に照らされた男の額は血でべっとりと濡れ、血だまりがアスファルトに広がっている。

と、コートのポケットの中でスマホが震えた。

「!?」

誠司は慌ててスマホを取り出す。画面に表示されているのは『非通知』の文字。ためらいつつも誠司は受信ボタンをスライドさせた。

「勝呂寺誠司だな？」

耳に当てたスマホから聞こえてきたのは男の声だった。若くはない。自分よりも年配に思える。反射的に誠司は辺りを見回した。地面に横たわる遺体が否応なく視界に入り、誠司の警戒の度数が上がる。

「誰だ……？」

「いますぐその場から離れろ」

「……いや、目の前で男が……」

死んでいるとは言えなかった。

「そいつのことはいい。山下埠頭に来い」

返事に躊躇していると、フラッシュライトを手にした警備員が駆け寄ってくるのが見えた。遠くからはパトカーのサイレンまで聞こえてくる。

「逃げろ！」

飼い主に指示された犬のように、誠司は拳銃を手にしたまま駆け出した。

わけもわからず、誠司は夜の道をひた走る。人目を避け、狭い裏路地を駆けながら、なぜ自分がこんな目に遭っているのかを考える。しかし、原因を探ろうにもその拠り所となる記憶が一切なかった。

パニックになりそうな心を懸命に落ち着かせ、誠司は走る。とにかくいまは、遺体の転がるあの場所からできるだけ離れたかった。

走り続けていると、さすがに息が切れてきた。歩速を緩めて、呼吸を整えながら歩き始める。向こうから千鳥足の酔っぱらいが歩いてきた。誠司は顔を伏せ、すれ違う。

真っ白な豊かな髪を波立たせた六十代くらいのその男が立ち止まり、路面に面した洋食屋をどこか懐かしそうに見上げる。

そのとき、洋食屋のドアが開いた。『葵亭《あおいてい》』と記された看板の下、観音に開いたドアから出てきた男は、「ふざけんなよ!」と声を荒げながら電柱脇に置かれていたポリバケツを蹴飛ばす。さらにその横にあった段ボールにもう一発。

誠司はつい足を止めてしまう。厄介なことに、そこに徐行運転していたパトカーが通りがかった。酔っぱらいの横で停まると、警官たちが降りてきた。

ヤバい……!

「こんばんは」とひとりの警官が酔っぱらいに声をかける。もうひとりはゴミ箱を蹴り続ける男のほうへと向かっている。

「こんな時間に何してるんですか?」

「何って……決まってるでしょ。お酒飲んでたんですよ」

警官たちが職務質問している隙に、誠司は開けっ放しになっていたドアから洋食屋の店内へと身を滑らせた。

薄暗い店内の片隅で、クリスマスツリーが鼓動するように身にまとった小さな光を点滅させている。八卓のテーブルが二列に整然と並び、その奥に厨房がある。

誠司はテーブルとテーブルの列の間をゆっくりと進んでいく。

「若松か!?」

ふいに声をかけられ、誠司は足を止めた。

右手側のバーカウンターからコックコート姿の男が近づいてきた。

誠司はただ呆然と立ち尽くす。

立葵《たちあおい》時生《ときお》は厨房にうずくまる黒いコートの男を見て、ギョッとした。

「誰だ、お前……?」

「え、いや……」

「泥棒……？」

「！」

誠司はクルッと背を向けるや、目の前のカウンターに手をかけ、床を蹴った。跳び箱の開脚跳びの要領でカウンターを飛び越え、厨房へと移動。そのままの勢いで作業テーブルの上を転がり、さらに垂直跳びでコンロも越える。

自分の思った以上に身体が軽やかに動き、誠司は内心で驚く。が、ぐずぐずしてはいられない。振り向くとコックコートの男が自分を追ってこようとしている。誠司は慌てて裏口から外へ飛び出した。

「おい、待て！」

時生は誠司の真似をして作業テーブルを飛び越えようとする。しかし、半分も身体が上がらず、のそのそと這い上がる。作業テーブルの上を転がることはできたが、バランスを崩し、コンロの横に置いてあった寸胴《ずんどう》に身体ごと突っ込んだ。

派手な音をたてて寸胴が倒れ、中のソースが床にぶちまけられる。

あ……。

局から愛車の小径自転車を飛ばし、倉内《くらうち》桔《き》梗《きょう》は事件現場の埠頭へとやってきた。規制線の五十メートルほど前でブレーキを強く握り、サドルから降りる。規制線の向こうは簡易照明が四方に据えられ、白い光のなか刑事と鑑識官が慌ただしく動き回っている。

しばらく様子を見ていると、『横浜テレビ』のロゴが入ったワゴンがゆっくりと埠頭に入ってきて、桔梗のすぐ脇で停まった。スライドドアが開き、カメラを手にした国枝《くにえだ》茂雄《しげお》とスタッフの前島洋平《まえじまようへい》が出てきた。

事件の概要はすでに頭に入っている。簡単な打ち合わせを済ませ、桔梗はマイクを手に取った。

観覧車の時計が『23：59』から『00：00』へと変わる。

二〇二三年十二月二十四日。

長い長い一日の始まりだ。

※

アルコールによる浮遊感に身をゆだねながら、真礼《まれい》は自宅のドアを開けた。リビングのほうから犬の吠える声が聞こえてきた。

警官に職務質問されたせいで帰宅が遅くなってしまった。フランはさぞ待ちわびていたことだろう。

玄関のドアを開けると、尻尾をブンブン振りながらフランが飛びついてきた。

「ただいまー、フラン」と真礼が受けとめる。

愛犬は真っ白な面長の顔にちょこんとくっついた黒豆のような小さな目を輝かせ、興奮しながら真礼の顔を舐めてくる。

「どうしたどうした、寂しかったか？　ごめんなぁ」

「泥棒!?」

父の時生から寝耳に水の話を聞かされ、立葵査子《さこ》はすっとんきょうな声をあげた。特徴的な大きな目がビー玉のように丸くなる。

時生は娘の弁当用のハンバーグを焼きながら、「ああ」とうなずく。

「え、早く警察に届けたほうがよくない？」と、カウンターに駆け寄った査子が厨房へと身を乗り出す。

「いいんだ。何も盗られたものはない」

「あ、そうなんだ。……いや、じゃなくても届けたほうがよくない？」

「いいんだよ」

顔を背《そむ》け、エビフライを揚げ始めた父の表情が気になり、杳子は厨房を見回した。きれいに洗われた寸胴が目に留まり、「ちょっと待って」と中を覗く。

「デミグラスソースは!?」

「!」

時生の目が激しく泳ぎ始める。

「え、いや、ちょっと泥棒と……いろいろあってな」

「?」

「そのときに……倒れた……」

「え!? 倒れたって全部?」

弁当におかずを詰め終え、時生はボソッと返す。

「全部だ……」

「どうするの!?」と杳子は悲鳴のような甲高い声で訊ねる。「今夜のクリスマスディナーだって満席だったよね?」

「……デミがないんじゃ店は開けられない。これからみんな呼んで、ちゃんと説明する」

「ちょっと、それ困――」

査子がそう言いかけたとき、ポケットの中でスマホが鳴った。心ここにあらずのまま取り出し、耳に当てる。

「はい？……え!?」

『昨夜十一時半過ぎ、横浜市西区のクリングル号記念公園で三十代から四十代と見られる男性が頭などから血を流して倒れていると警備員から一一〇番通報がありました。男性はその後、死亡が確認されたということです。現場には規制線が張られ、現場検証が行われています』

一気にそこまで話すと桔梗は息を整える。すかさずハンディカメラを手にした国枝が背後で忙しなく動く警察関係者を画角に入れる。これはもう、あうんの呼吸だ。

桔梗は現在入手しているかぎりの情報をカメラに向かって的確に伝えていく。

『近くにいた警備員が発砲音と思われる音を聞き、現場に駆けつけたところ、その際に立ち去る人影を目撃したということです。現場ではいまのところ凶器などは見つかっておらず、また争った跡もありませんでした。容疑者は現在も逃走中で、神奈川県警は殺人事件として捜査を進めるとともに、周辺の防犯カメラ映像などを調べています。神奈川県警は周辺に注意を呼びかけるとともに、話を聞いています』

現場リポートを終え、桔梗がマイクを下ろしたとき、スラッとした背の高い女性刑事が同僚の男性刑事と一緒に規制線をくぐっていった。

刑事ドラマのヒロインめいた華やかなその雰囲気に、桔梗は思わず彼女を目で追ってしまう。職業柄何人か女性の警察関係者は知っているが、総じて地味な人が多かったから気になったのだ。

「ご苦労さまです」

すれ違った鑑識官に挨拶し、狩宮《かるみや》カレンは遺体のほうへと歩を進める。先客が遺体の前にかがみ込み、衣類をまさぐっていた。その乱暴な扱いにカレンはとがった声で訊ねた。

「誰ですか？　あなた」

男は答えず、手を止めようともしない。

「誰？」

突然、男は背後のカレンに向かって何かを投げつけてきた。反射的にキャッチする。

警察手帳だ。開いて、すばやく身分証に視線を這わせる。

『警視庁　警視　蜜谷満作《みつたにまんさく》』

「え？　なんで警視庁の人間がここに？」

蜜谷はのっそりと立ち上がった。カレンよりも二十センチほど背が高い。年齢は五十過ぎくらいか。

「頭を一発だ。ホシは相当銃を使い慣れてる」

警察手帳を返しながらカレンは訊ねた。

「そちらのヤマと何か関係が？」

蜜谷は初めてカレンへと目をやった。整った顔の裏側に手柄を求める貪欲な獣が垣間見える。縄張りを荒らされてなるものかと野良猫のように毛を逆立てている。

「このヤマ早く解決したきゃ、今後つかんだ情報全部俺に渡せ」

「え!?」

「おめぇらじゃ手に負えねぇヤマになる」

「どういうことですか？」

「物騒になったな、この街も」

煙《けむ》に巻くような捨て台詞を残し、蜜谷はカレンの前から立ち去った。

そんなふたりの様子をやじ馬にまぎれてじっと見つめる女がいた。しかし、ふたりともその存在に気づくことはなかった。

「査子。ほら、弁当!」

コートを羽織り、店を出ようとする査子に時生が弁当袋を差し出す。

振り向き、査子は笑顔で受け取った。

「行ってきます」


遅れてやってきた在京キー局の報道陣を見ながら、桔梗が前島に告げる。

「今日の『日曜NEWS11』の冒頭、このリポートで行くから」

「はい!」

機材を片づけながら国枝が訊ねる。

「どれ飛ばすんだ?」

桔梗はポケットに突っ込んでいた構成表を取り出し、ざっと眺めた。特集企画『聖夜は横浜行かナイト!』の文字に心の中でため息をつく。

「地元の事件です。予定変更して全編これでいきます」

「ホントごめん!」

査子が報道フロアに入ってくるや、『日曜NEWS11』のデスク、黒種草二《くろたねそうじ》が駆け寄り頭を下げる。

「せっかく若手みんなが取材してくれたのに……。でも、さすがにあんな事件が起きちゃうとさ」

長くなりそうな言い訳をさえぎるように、査子が言った。

「しょうがないですって。クリスマスどころじゃないですから」

「早く来てもらっといて、こんなことホントごめん！」

「ホントもういいですから」

恐縮しながら査子が自分のデスクに向かおうとすると、報道制作局長の折口康司《おりくちこうじ》が現れた。「おい」と黒種に声をかける。

「現場には誰が行ってんだ？」

「桔梗さんが行ってます」

「そうか。倉内が……」と折口はやや表情を険しくした。

黒種はふたたび査子へと顔を向け、「いやでも、俺はさ」と話し始めた。とにかく査子に嫌われたくないらしい。

「何も全編事件押しでいかなくてもいいとは思うんだけどねぇ」

「え、黒種さんが決めたんじゃないんですか?」

「まさか。あの人に決まってるでしょ」

「ああ……」

桔梗さんね……。

大げさに苦笑してみせる黒種に、査子は曖昧な笑みを返す。


鑑識作業が終わり、シートに包まれた遺体が運び出されていく。蜜谷も規制線の外へと出る。そこに桔梗が駆け寄っていく。

「すみません! 被害者について聞かせていただきたいんですが」

桔梗の行動が呼び水となり、ほかのマスコミたちも集まってきた。

「邪魔だ」

ドスの利いたひと声で報道陣を追い払い、蜜谷はその場を立ち去った。

見慣れぬ顔に、桔梗は怪訝《けげん》そうに立ち去る蜜谷の姿を見送った。

※

組織の今後を決めかねない大きな取引を明日に控え、厄介なトラブルが降りかかってきた。凶報をもたらしたのは幹部のひとり、牧瀬《まきせ》護《まもる》だ。

「榊原《さかきばら》が殺されました」

事務所の奥、逆Uの字に並べられたソファの中央に腰を下ろした笛花《ふえはな》ミズキは表情を変えずに鋭い視線を牧瀬へと向けた。

まだ二十代半ばの若き二代目。ボスとしての経験には欠けるが、十代の頃から国際犯罪組織『アネモネ』の一員として働き、その帝王学は叩き込まれてきた。

動揺を抑え、ミズキは訊ねた。

「誰？」

「誰に殺《や》られたかはわかっていませんが……ただ……」

目を伏せ、牧瀬は言葉をにごす。

「どうした？」

「榊原は……誠司さんに会いにいくと言っていたそうです……」

ふたりの間にさらなる緊張が走る。

「……誠司さんは？」

「連絡がつきません……」

「……」

ポケットからスマホを取り出し、ミズキはその画面をじっと見つめる。

橙色の光で照らされた山下埠頭を、ぜえぜえと息を切らした誠司が歩いている。この一時間、人目を避けてずっと走りっぱなしだったのだ。

「……どこだ!?」

辺りを見回すもだだっ広い空間にコンテナが置かれているだけで、人影はない。

とりあえず、ここで待つしかないか……。

その頃、蜜谷は山下公園を出て埠頭へと向かっていた。トレンチコートのポケットに手を突っ込み、大股で歩く蜜谷の後方を、一台の車がゆっくりと彼のあとを追うかのように埠頭に向かって走っていく。しかし、蜜谷はそれには気にも留めずに歩き続ける。

埠頭を前に蜜谷の足が止まった。

深夜の招集にもかかわらず、スタッフ一同は葵亭に顔をそろえた。いや、一同ではない。ポリバケツを蹴飛ばして去っていったスーシェフ、若松の姿はない。

「逃げた!?」

ソムリエールの竹本梅雨美《たけもとつゆみ》が料理長兼オーナーの時生の話に大げさに反応する。時生はうなずき、言いづらそうに続けた。

「捕まえようとしたんだ。そしたら……そのときに……寸胴を――」

「俺が倒した」と告白する前にベテランギャルソン、蛇の目菊蔵《じゃめきくぞう》の大声がさえぎった。

「泥棒が倒した！」

「え？」

「そんな……」

梅雨美が絶句し、すぐに憤りをあらわにする。

「デミグラスソースはこの店の命だよ!?」

「いや、寸胴を倒したのは……」

「寸胴を倒すなんて……ひどい！　ひどすぎる！」

梅雨美の嘆きに気圧され、時生は何も言えなくなる。

困惑顔の時生に皿洗い担当のアルバイト、細野一《ほそのはじめ》が訊ねる。

「シェフ、査子ちゃんは？」

「仕事行った。それが何か？」

「え？　まあでも、たかがソースですよね？　また作ればよくないですか？」

Ｚ世代っぽい軽いノリに菊蔵は気色ばむ。

「何を言って――」

さえぎり、時生が雷を落とした。

「馬鹿なことを言うな！」

「！」

「あのデミグラスソースはな、初代から先代、先代から俺へと継ぎ足し継ぎ足しで脈々と受け継いできた大切なものなんだ。同じものを作るには、また何十年とかかる……」

「そうよ！」と梅雨美も強くうなずいた。「そんな大切なソースを、泥棒が倒したのよ」

あ、いや……。

「そりゃたしかにひどいっすね……」

軽口を反省したように細野も殊勝な顔を時生に向ける。

「いや……」

「毎年、クリスマスディナーのメインディッシュはあのソースで作るビーフシチューって決まっているの。初代の頃からずっと。だよね？　シェフ」

梅雨美に強い視線を向けられ、時生は気まずそうにうなずく。

「ああ……」

「毎年お客さまはそれを味わいたくてうちにやってきます。また来年もここでと一年前から予約してくださるお客さまだって数多くいらっしゃいます。ですよね、シェフ」

今度は菊蔵だ。ふたりともこの店の味に誇りを持ってくれているのだ。

「ああ……」

「とんでもないことをしてくれましたね、泥棒の野郎」

ため息まじりの菊蔵の言葉に、時生の心苦しさが増していく。

いっぽう梅雨美と菊蔵は、泥棒への怒りをどんどん募らせていく。

「お金を盗られたほうがまだマシだったたって。許せない」

「ですよね。私も決して許せません！」

「なんか……俺も許せなくなってきました！」と細野までも乗っかってくる。

皆の怒りに触発され、時生の感情にも変化が生じてきた。

そうだ。そもそもあいつが店に飛び込んできたから、こんなことになったのだ。

みるみる時生の顔が歪んでいく。

「あの野郎……許せないな」

「シェフ、どうするの？」と梅雨美が訊ねる。「今夜のクリスマスディナー」

問題は、それなのだ。

※

「やりません。お断りします」

局に戻った桔梗は、待ち構えていた折口に「話がある」と呼び止められた。

決していい話ではないことは折口の表情を見れば明らかだったが、その暑苦しい顔から放たれた提案は、桔梗の予想の斜め上をいくとんでもないものだった。

桔梗は即座に拒絶し、その場を離れた。

「おい、倉内！」


「やらない。朝になったらお客さまに断りの電話を入れる」

時生は梅雨美にそう返すと、ため息をついて厨房に向かった。

「ちょっとシェフ！」

しばらく待ったが電話の男は現れない。

「クッソ……！」

誰にともなく毒づき、誠司はつぶやく。

「俺はホントにあの男を殺したのか？」

コンテナの陰で蜜谷がタバコに火をつけたとき、速度を落とした一台の車が背後を通り過ぎた。チラと視線を向けると、ハンドルを握る男の顔が目に飛び込んできた。

あの男は……。

蜜谷はコンテナの陰を出て、車を目で追う。

「俺は一体……」

ブツブツつぶやきながら当てもなく埠頭を行き来している誠司に向かって、一台の車がゆっくりと近づいてくる。

車は誠司の前で止まり、運転席から仕立てのいいコートを着た長身の青年が降りてきた。警戒する誠司に向かって青年は言った。

「捜しましたよ、誠司さん」

「!?」


神奈川県警本部の会議室、捜査一課長の一ノ瀬《いちのせ》猛《たけし》が最前列にひとり座り、スクリーンに映し出された画像を見つめている。現場から逃げ出る男を捉えた防犯カメラの映像だ。

ドアが開き、カレンが入室してきた。一ノ瀬は振り向くことなく訊ねた。

「まだわからないのか？　マル害の身元は」

犯人に奪われたのだろうか、被害者の衣服にはスマホや財布など身元がわかるようなものは一切残されていなかったのだ。

神妙な表情で「はい」とうなずき、「ただ……」とカレンは続けた。

「現場に警視庁から来た蜜谷管理官が」

「あの蜜谷が……？」と一ノ瀬の表情が険しくなる。

「一課長、ご存じなんですか？」

「ああ……彼には常に黒い噂が飛び交ってる。組対の管理官という立場を利用して、暴力団関係の連中からカネを回させている……とかな」

「！」

「何を嗅ぎまわっているかわからない。蜜谷から目を離すな」

「はい」

うなずき、カレンはスクリーンに映る男の姿をじっと見つめた。

報道フロアに戻ると、桔梗は自席に座る査子に声をかけた。

「査子ちゃん、クリスマス特集飛ばしてごめんね」

「あ、いえ」

「この原稿、打ち込んでおいて」と資料を渡し、編集ブースのほうへと歩いていく。その背中を見送りながら、前島が査子に言った。

「絶対悪いと思ってないよな」

査子は小さくうなずいた。

桔梗はローカル放送局『テレビ横浜』の報道キャスターとして、二十数年にわたって活躍してきたレジェンド的存在だ。地方局というハンディを乗り越え、地元密着型の独自の報道番組を立ち上げるべく奮闘努力し、ついに五年前に『日曜ＮＥＷＳ11』をスタートさせた。以来、看板キャスターとして番組を背負い続けてきたのだ。

番組における彼女の発言力は絶大で、たとえプロデューサーでもノーとは言えない。ましてや新人報道記者の自分が異を唱えるなどもってのほかだ。

パソコンの前に座り、ついさっき撮影した映像を確認していると、黒種が近づいてきた。

「ねぇ」と桔梗は声をかける。

「あなた知ってるんでしょ？　番組打ち切りの話」

黒種はあからさまに動揺しながら、「え、なんですかそれ……？」としらばっくれる。

そのリアクションにため息をつき、桔梗は言った。

「知らないのは私だけだったってことね」

「何がですか……？」

三文芝居を続けようとする黒種に「もういいから」と告げ、桔梗は編集用のデスクに腰を落ち着けた。

「どうせ局長から口止めされてたんでしょ」

「……すみません。極秘のプロジェクトらしいんですよ。局長も社長の言いなりで……」

その折口がスマホに耳を当て、ペコペコ頭を下げながら後ろを通り過ぎていく。

「はい！　夜分に本当にすみません！　はい、はい、わかりました、はい」

しょせんあの男もサラリーマンか……虚しい思いを抱きつつ、桔梗がつぶやく。

「突然銀行からやってきた人に何がわかるっていうのよ」

「そうは言ってもウチの大株主ですからね。局長曰く、今後は報道以外に力を入れていくらしいっすよ」

「だからって、なんで私が料理番組担当なわけ？」

「わかります。家で料理とか作ってるイメージ全然ないのに」

思わず笑みをこぼす黒種を桔梗がにらむ。

「あ、いや、いい意味で……」

「ね、後番組って何やるの？」

「さあ、なんでしょうね……？」

「MC誰？」

「いや、ホントほかは何も知らないです」

桔梗はさらに視線を強めた。

「いや本当に！」

どうやら嘘は言っていないようだ。

「悪いけど調べてくれない？　お願い」

有無を言わせぬ桔梗の「お願い」に、黒種はため息をついた。

「勘弁してよ……」

一ノ瀬と入れ違うように会議室に入ってきた部下の杉《すぎ》山《やま》泰介《たいすけ》が防犯カメラ映像を見な

がらカレンに説明していく。

「防犯カメラ映像の画像解析をしました。この黒いロングコートの男は、銃声を聞いて駆けつけた警備員が見たという男と一致します」

暗がりを男が走り去る粗い映像を繰り返し再生し、カレンはその姿を頭に刻みつける。年齢は三十代半ばから後半……身長はそれほど高くはない。

「この男が殺したんでしょうか……」

部下の問いに応えず、カレンはつぶやく。

「誰なの……？　この男は……」

※

不安げな誠司を半ば強引に助手席に乗せ、ミズキは車を発進させた。どうやら記憶をなくしているようだ。

「本当に何も覚えていないんですか!?」

誠司はうなずき、ミズキに問いかけた。

「あんた、俺のことを知ってるんだろ？　頼む！　なんでもいい。俺のことを教えてくれ！」

声の必死さに、嘘を言ってるわけではないようだとミハキは判断した。

「……名前は勝呂寺誠司」

「勝呂寺……」

そういえば電話でもそう呼ばれた気がする。

「誠司さんは……五年前にここ横浜に来ました」

「……五年前……？」

「ここを拠点にしているうちの組織、アネモネに入ってきたんです」

「アネモネ？　なんの組織だ？」

「違法薬物を海外から仕入れて売りさばいています」

やはり自分は犯罪に関わっていたのかと誠司は絶望的な気持ちになる。

「今夜二十時。大きな取引が行われる予定です」

「取引？」

「新たにメキシコのロス・クエルボと手を組みます。今後うちに入る利益はこれまでの比じゃありません。その話の中心にいたのが誠司さん、あなたです」

「俺が……？」

「だけど、その情報を警察に売った男がいたんです。それが死んだ榊原です」

榊原……。

誠司の脳裏に頭から血を流して横たわっている男の姿が浮かぶ。

心を読んだかのようにミズキが続ける。

「誠司さんには殺せないですよ。俺が殺したんですから」

「え……？」

驚きの目で見つめてくる誠司に、ミズキが微笑む。

「冗談ですよ」

「……」

ふと前を見つめるミズキの目が鋭くなる。

「誠司さん！　検問です」

百メートルほど前方に複数のパトカーが停まり、赤いライトが闇にまたたいている。

「……」

フロアの一角に置かれたクリスマスツリー。飾られた黄金色の小さな灯りが、点いたり消えたりしている。それを細野がワクワク顔で眺めている。

厨房ではきれいに洗われた寸胴を前に、梅雨美が菊蔵につぶやく。

「シェフ、本当にやらないつもりなんですかね？　今夜のディナー……」

「一度こうと決めたら頑固な人ですからね……」

「今夜はクリスマスイブですよ？　大事な日にお客さまの予定狂わすなんてあり得ないっつーの」

一緒にフロアへと移動しながら、菊蔵が梅雨美に言った。

「まあでも、シェフの気持ちもわからなくもありませんよ。先代から続く大切なクリスマスディナーで最高の品を提供できないならば、店を開くべきじゃない。シェフのプライドってやつですよ」

「それはわかりますけど……」

バーカウンターでは、時生が美しい仏花《ぶっか》を前にショットグラスに酒を注いでいる。

琥珀色の液体が半分ほど満ちたグラスを掲げ、物思いにふける。

ふたりの話を聞いていた細野が、「え、よくないですか？」と割り込んできた。「クリスマスに休めるなんて」

冷たい視線を向け、梅雨美は訊ねた。

「彼女いたっけ？」

「……よくもないか」と細野はすぐに前言を撤回する。

「菊蔵さんはよかったですね。クリスマス、家に帰れるなんて」

「いいなぁ。奥さんと仲よしなんですよね？」

ふたりからうらやましげな視線を向けられ、「え？」と菊蔵は一瞬口ごもった。

「まあ、はい……。あ、ところでスーシェフ遅いですね」

「ホントだ。忘れてました、若松さんのこと」

存在感の薄さに、細野は少し笑ってしまう。

「一応、私からも連絡を」と菊蔵はスマホを取り出した。

「若松ぅ、なんで来てないの、あいつ」

その問題もあったか……。

聞こえてきた梅雨美の怒り声に、時生は額に手を当て、ため息をついた。


赤色灯をかかげた警官の手前に車を停め、ミズキは運転席の窓を下ろした。近寄ってきた警官に開いた窓から訊ねる。

「事件ですか？」

「近くで発砲事件がありましてね。免許証をお願いします」

「ちょっと待ってもらえますか」

後部座席のシートの下、身体にコートをかけてうずくまり、誠司は息を殺している。

車の後方ではもうひとりの警官がナンバープレートの数字を読みあげ、問題ないかどうかを照会している。

後部座席を確認しながら、警官がミズキに訊ねた。

「おひとりですか？」

「ええ」

「佐伯《さえき》巡査部長」

同僚に呼ばれ、窓外にいた警官がその場を離れた。車の後ろで何やら真剣な顔で話し込んでいるふたりの警官の様子を、ミズキがミラー越しにじっと見守る。

コートの下からチラッと顔を出し、誠司が小声で訊ねる。

「おい、大丈夫なのか？」

「……」

「おい？」

警官たちが運転席のほうへと戻ってくる。ふたりが視線を交わし合った瞬間、ミズキはアクセルを思い切り踏み込んだ。

「おっ!」

いきなり身体に圧がかかり、誠司はシートの下を横滑りしながらドアにしたたか頭をぶつけた。

急発進した車から警官たちが慌てて逃げる。ミズキはそのままアクセルをゆるめることなく、検問を突破し、夜の道を暴走していく。


報道フロアの奥にある定時ニュースのセットの上で、カメラリハーサルを終えた桔梗が国枝と話している。

「やっぱり、そうだったんだ」

「え、クニさんも知ってたんですか?」

探るような目で訊ねられ、国枝はかぶりを振った。

「知らないよ。ただな、折口がバタバタしてたから何かあったんだろうとは思ってた。お前、全然気づかなかったの?」

桔梗は己の鈍感さを恥じるように目を伏せた。

「はい」

「ったくよ。お前がどれだけこの局に貢献してきたか、上の連中はわかってねえんだよ」

「局長にはっきり言われました。今後はスポンサーが付きやすくて経費も削減できる情報バラエティを作っていくって」

「お堅い報道は、もう必要ねえってことか？」

「そういうことですよね。料理番組が嫌なら辞めろって」

入局以来報道ひと筋でやってきて二十数年。年齢のこともあり、最近はキャスターとしての引き際を考えることは多かったが、裏方に回っても報道には携わっていくつもりだった。よもや、こういう形で強制退場させられるなんて……。


大きく車体が揺れ、誠司は思わず運転席のミズキに声をかけた。

「おい！　あんま無茶すんなよ！」

ミズキはバックミラーに目をやる。追ってくる赤い光の数が増えている。ミズキはさらにアクセルを踏み込んだ。

「おい！」と誠司がふたたび声をあげたとき、車がいきなり左折した。ものすごい圧が身体にかかり、誠司はドアに叩きつけられる。

「痛ってぇ」

不審な車が検問を突破したとの連絡を受け、カレンは県警本部を飛び出した。覆面パトカーの運転席に乗り込むと屋根にパトライトを取りつける。遅れてきた杉山が、「すみません」と助手席に身を滑らせる。

カレンはアクセルを踏み込んだ。


「査子ちゃん、誕生日おめでとう〜」

黒種が小さな紙袋を、目を丸くする査子に渡す。報道フロアに拍手の音と一同からの「おめでとう!」の声が響いていく。

「え? いいんですか?」と受け取り、査子は笑顔の花を咲かせた。

「ありがとうございます」

「俺ら、報道のみんなからだ」

査子は、隣の国枝から順番に皆に礼を言い、最後に自席を立ってやってきた桔梗に、小さく頭を下げた。

「桔梗さん、ありがとうございます」

「おめでとう」と桔梗は査子に微笑んだ。

「開けてみてよ」

黒種に言われ、「あ、はい」と查子は袋を開ける。「なんだろう」

出てきたのは高級温泉旅館のペア宿泊券だった。

「え、ペア宿泊券？　いいんですか⁉」

「いいよいいよ」と国枝が鷹揚《おうよう》に笑う。「イケメンの彼氏と行ってきてよ」

「このままだとさ、どうせ今年もクリスマスずっと仕事だしね」と前島が言い、「彼氏も泣いちゃうよな」と国枝がからかう。

「いや泣きませんよ。また仕事？……って言われるかもだけど」

「でも、いいよね。クリスマス・イブが誕生日ってさ」

黒種に言われ、「そうですか？」と查子が返す。

「え？　よくない？」

「うーん……私はべつに。むしろ嫌なほうです」

自席に戻ろうとした桔梗は、耳に届いてきた言葉に反応し、ふと查子を見た。

「……」

葵亭の厨房では時生が梅雨美に詰め寄られていた。

「なんで⁉」

「なんでって……若松がまたしでかしたんだよ。やっとけって言った仕込み、全然やらないで」

「だからって、辞めさせることないのに……」

細野が言い、「そうだよ！」と梅雨美が同意する。

「若松さんだって、いないよりいたほうがマシでしょ」

菊蔵もうなずき、時生に言った。

「さすがにスーシェフの若松さんなしで店を回すのは、シェフの負担が大きいかと」

「料理はあれでしたけど盛り付けとかは普通だったじゃないですか」

「そうよ！」とふたたび梅雨美が細野に同意する。

「いないよりは絶対いたほうがよかったって」

時生はカウンターに置かれていた卵を手に取り、おもむろに口を開いた。

「ここに卵がある」

何を言い出すのかと皆が時生に注目する。

「雛が卵の中から呼吸ができるように、卵の殻には極めて小さな穴が開いている」

細野が卵に顔を近づけ、凝視する。

「見えませんけどね……？」

「見なくていいから」と梅雨美がツッコむ。

無視して時生は続ける。「生まれてすぐの卵に含まれている炭酸ガスは、古くなるにつれて卵の穴から抜けていく」

菊蔵は隣の梅雨美にささやく。「始まってしまいましたわ……」

梅雨美はあきらめ顔でうなずいた。

「ゆで卵にするなら、新しい卵よりもこの炭酸ガスが抜けた古い卵のほうが断然美味しいんだ」

桔梗が編集ブースで自分の現場リポート映像を繰り返し見ながら、構成を考えている。

そのとき、ファストアラートが新たな情報の到着を告げた。

『第十六報、神奈川県、検問、横浜市中区、不審車両』

フロアにいる全員がファストアラートに注目する。

卵を手にした時生の演説は続いている。

「新しいものよりも古いもののほうがいいという典型的な例がこの卵にはある」

皆はすでに興味をなくし、スマホを手にした細野を囲んでいる。

「すごくないすか、これ？　映画みたい」と細野が菊蔵に画面を向ける。映っているのはSNSに拡散されたミズキの検問突破映像だった。

「なのに古いくせして全然あいつは駄目だ。ただ古いだけだ」

「安っぽく感じますけどね」と菊蔵が細野に返す。

「安っぽい」と時生はうなずく。「そうとも言える。若松はな、たとえるなら辛みのない中華、出汁のない和食、ソースのないフレンチだ」

「フレンチ……!?」

菊蔵はハッと顔を上げた。「思いつきました」

厨房に駆けていく菊蔵を梅雨美と細野が追いかける。

時生は気にせず話を続ける。

「そもそもな、卵の殻というのはな、とんがっているほうが密度が高いんだ。橋と同じアーチ構造になっているから縦の強度はとても強い。例えば、卵を三十個並べると――」

※

突破された検問に報道陣が集まっている。警官たちが慌ただしく動き回り、赤色灯の光が闇に揺れる。

カメラのセッティングをしている国枝に背を向け、査子がスマホにメッセージを打っている。

『ごめん！　今夜のクリスマスディナー行けないかも』

そこに前島がやってきた。「査子ちゃん」

査子は慌ててスマホをしまった。

「すみません。もう始めますか」

「あ、いや。もうちょい待って」と手を動かしながら国枝が言う。

「はい」

「ねぇ、ホントのとこどうなの？」

「どうって？」と査子が前島に訊ね返す。

「クリスマス特集飛ばされたこと。取材もだけどさ、編集とか連日頑張ってたじゃん」

「いや、それはホント仕方ないって。でも……」

「何？」

「うちの報道番組なんて誰が見ます？」

「それ言っちゃいけないやつ」と前島は思わず笑ってしまう。

「正直ちょっとダサいなって。誰も期待してない報道番組に力入れてるのって」

「まあ、それ俺も思うわ」

「ですよね？　そもそもキャリアウーマンとかって古くないですか？」

スマホが鳴り、査子は画面に目をやる。さっき送ったメッセージに『了解♡』と返信が来ていた。

「止まんないね。毒舌査子」

「絶対言わないでくださいよ」

「でもさ、査子ちゃんもいずれはキャスターとかになりたいんじゃないの？」

「やれって言われたらやってもいいですけどね」

セッティングを終えた国枝が振り向いた。

「査子、始めるぞ」

「はい！」


逃走車両が進行方向を変えたため、カレンの覆面パトカーは追跡隊にうまく合流することができた。先頭に立って、逃げる車を追う。

目的の立体駐車場に到着すると、ミズキは駐車用エレベーターに車を入れた。ふたりは車から降り、エレベーターを操作してから物陰に隠れる。

すぐに何台もの警察車両が現れ、急ブレーキでタイヤをきしませる。

車から降りたカレンは上昇しているエレベーターに気がついた。

「上よ！」と階段に向かって走り出す。

警官たちの足音が消えるのを待ち、ミズキは物陰を出た。あらかじめ用意していた大型バイクにまたがり、誠司を招く。

屋上まで一気に駆け上がったカレンは、エレベーター内の車に視線を走らせる。しかし中には誰の姿もなかった。

「！……なんでよ！」

バイクでの逃亡の末、誠司がミズキに連れていかれたのは横浜の繁華街の外れにあるバーだった。赤レンガのレトロモダンなビルの二階にあり、広々とした空間を青白い光がうっすらと照らすクールな店だ。天井に吊るされた逆さにしたクラゲのようなシャンデリアが異彩を放っている。

ソファに腰を落ち着けた誠司に、ミズキが言った。

「ここならしばらくは安全です。警察には我々の身代わりの人間をあてがいます」

「おい、ちょっと待て。本当に俺が殺したんだったら――」

「出頭しますか?」とミズキがかぶせる。

「……」

「今夜の取引を仕切ったのは誠司さんです。誠司さんがいなければ成立しない」

「……」

「記憶の件、すぐ医者に診てもらいましょう」

「……」

「ひとりつけておきます」とミズキは店の奥へと目をやる。ソファに浅く座った牧瀬が誠司に小さく頭を下げる。

と、ミズキのスマホが鳴った。その場を離れようとするミズキを誠司は引き留めた。

「なぁ、俺に電話をしてきたのはお前なんだよな?」

一瞬虚をつかれた表情になったが、すぐにミズキはうなずいた。

「はい」

その一瞬の間を誠司は見逃さなかった。

ミズキは誠司から離れ、電話に出た。

「誠司さんは無事です。いま、うちの事務所に」

スマホの向こうから苦り切ったような父親の声が聞こえてくる。

「榊原を殺《や》ったのは誠司か？」

「はい。これで今夜の取引も大丈夫です」

「ミズキ。お前は純粋すぎる」

「？」

「裏切り者はひとりじゃない可能性だってある。取引を成立させたいなら、疑わしい奴は殺せ。それがたとえ、誠司でもだ」

「！」

ミズキはチラと誠司をうかがう。誠司は話の内容を気にしながら、周囲に隈なく視線を走らせる。

四方に防犯カメラ……単なるバーではなさそうだ。

ミズキは電話を切ると、そばにいた牧瀬に耳打ちした。その唇の動きを誠司が読む。

『誠司さんから絶対に目を離すな』……か。

立体駐車場の屋上では駆けつけた鑑識官たちが乗り捨てられた車両を調べている。階段を降りていくカレンに杉山が歩み寄る。

「やはりこの車は盗難車でした」

「殺人事件との関係は？」

「それはまだ判明していません」

「まったく、用意周到な男ね」


マイクを手にした査子がカメラを構えた国枝に立ち位置の確認をする。ちょうど自分の斜め後ろに検問と警官たちの姿が入るはずだ。

「ここでいいですか？」

「おう、いいぞ」

そのとき、「ちょっとそこ」と男のとがった声が聞こえてきた。

「？」と顔を向けると、キー局の腕章をつけた男たちがズカズカとやってきた。

「あ、すみません……」と査子が慌てて場所を譲る。

「おい、なんだお前たち」

苛立つ国枝をなだめ、「クニさん、こっちでやりましょう。こっちで」と査子が背中を押して移動させる。

「キー局の野郎がキー局だからってキー局ヅラしやがってよ」

厨房にトントンと小気味よい包丁の音が響いている。菊蔵が横に立つ梅雨美と細野に説明しながら、手を動かしていく。

「まず、エシャロットとマッシュルームを薄切りにします。次に鍋にバターを入れ、中火でエシャロットを炒める」

バターの溶けた鍋にエシャロットを入れ、手際よく炒めていく。

「二、三分炒めたらマッシュルームを加え、さらに炒める。マッシュルームから水分が抜け、エシャロットにやや色がついてきたらミニョネットを加えて、さらにしっかりかき混ぜながら炒める」

鍋にミニョネットを振りながら、優雅に木べらをふるう。堂に入ったその手つきに細野が感嘆の声をあげる。

「菊蔵さん、カッコいいっすね。本当のシェフみたい」

気になるのか、時生は菊蔵の後ろをウロウロしながら鍋の中を覗き込む。

「ほんのり茶色になったらグラニュー糖をまんべんなく加え、強火でキャラメリゼする。そして赤ワインを一気に加え、最後にブイヨン。鍋の周りをこそぎながら、煮る」

料理番組の講師のように手順を丁寧に説明しながら、菊蔵はソースを仕上げていく。

「これだと、手間をかけずにデミグラスソースの代わりに?」

「はい」と菊蔵が梅雨美にうなずく。「完成です」

「いいなぁ。菊蔵さんの奥さんがちょっとうらやましいかも」

「え?」

「わかります!」と細野がすぐに賛同する。「こんなパッとソース作れるとか、なんかカッコいいし」

そこまで言ったとき、「あ」と細野は何かに気づき、テレビのリモコンを手に取った。厨房の天井近くに備え付けられたテレビの電源を入れ、横浜テレビにチャンネルを合わせる。

「さすが、元三つ星フレンチの一流ギャルソン!」

梅雨美がさらに持ち上げ、「え」と細野は驚く。

「そうだったんですか?」

「二十五年ほど勤めていました」

「そんなに? え、なんで辞めちゃったんですか?」

すかさず梅雨美が、「いろいろあったんだよねぇ」とフォローする。

「はい……いろいろと……」と菊蔵は明るく笑った。

梅雨美は鍋を手に取り、時生のほうを振り向く。

「シェフ！　これでなんとかやってみよう！　ね！」

時生は返事をせずにゆっくりと厨房に入ると、スプーンで鍋からソースをすくい、口に含む。時間をかけて味わい、時生は言葉を発した。

「……駄目だ」

梅雨美はガクッと肩を落とした。

「どうして～」

「このソースは先代の味じゃない」

頑なな時生に一同が恨めしげな視線を送る。

「お客さまが今夜のクリスマスディナーで一番求めているのは、あのデミグラスソースで作ったビーフシチューなんだ」

「それはわかってるけど――」

梅雨美をさえぎり時生は続ける。

「俺は先代から店を任された。先代の味を守り続けることがこの俺の使命だ。デミがない以上、今夜の営業はできない」

時生はそう言うと、ふとテレビ画面へと視線を移した。

女性キャスターがいつもと同じ冷静な口調でニュースを伝えている。

「……」

※

フロアディレクターの合図を確認し、桔梗はカメラに向かって口を開いた。

「おはようございます。午前五時の横浜テレビニュースです。昨夜クリングル号記念公園で男性が血を流して倒れているのが見つかりました」

画面が切り替わり、収録した桔梗の現場リポートが流れる。マイクを手にした桔梗が事件の概要を伝えている。スタジオに戻り、桔梗は新たな原稿を読み始める。

「また神奈川県警によりますと、先ほど不審な車が新横浜通りの検問を突破して逃走したことがわかりました。現場から立葵記者の中継です」

窓外から聞えてきたパトカーのサイレンに、金子《かねこ》翔太《しょうた》はベッドから身を起こした。カーテンを開け、外の様子を確認していると隣で寝ていた女もだるそうに起き上がった。

「なんかあったのかな？　夜からずっとだよね」

窓の外を、赤色灯を光らせたパトカーが結構な速度で表の通りを走り過ぎていった。

金子はリモコンを手に取り、テレビをつける。検問所をバックにリポートする査子の姿が画面に現れた。

「あ」

「どうしたの？」

女に訊かれ、金子はテレビを見ながらボソッと言った。

「これ、俺の彼女」


「あ、査子ちゃんだ」

テレビ画面に査子が現れ、皆の目もテレビに向かう。

『神奈川県警は逃げた車が発砲事件と何らかの関係があるとみて、この車と運転手の男の行方を追っています。なお、発砲事件の容疑者は拳銃を持ったまま逃走している可能性があると周辺の住民に注意を呼びかけています。現場からは以上です』

画面はスタジオへと切り替わり、女性キャスターが話し始める。

『現場から立葵記者に伝えていただきました。横浜市内では現在も検問が行われているとのことです。近くにお住まいの方は、外出される際はお気をつけください』
テレビから聞こえてきた桔梗の言葉に菊蔵がつぶやく。
「すぐ近くでとんでもない事件が起きているみたいですね……」

何も告げずにバーを出ていったままミズキは戻ってこない。監視役の牧瀬はソファでうとうとしている。

「おい」と声をかけるが、牧瀬が起きる気配はない。誠司は自分の上着を牧瀬にかけてやる。代わりにソファに脱ぎっぱなしにしてあった牧瀬の上着を手に取った。

「……」


今年もまたこの日がやってきた。

シーソーの両端に座った希望と失望が心の中でギッタンバッコン。

いや、ここ数年はもう失望が重すぎて、シーソーは動くこともない。

どうせ今年も……。

白み始めた空を眺めながら、梅雨美は重い息を吐く。

店に戻ると菊蔵と細野がイスに身体を預け、眠っていた。音を立てないように時生が客席を整えている。

「……まだ待ってるのか？」

テーブルクロスを畳みながら、時生が梅雨美に訊ねる。

「？」

「クリスマスに彼がこの店に来てくれること」

ギクッと表情をこわばらせたあと、「ないないないない」と梅雨美は大げさに否定した。

「そんなのもうないって」

「そうか……」

隣の列のテーブルクロスを畳みながら、梅雨美が訊き返す。

「私のことなんかより、いいんですか？　今日店閉めちゃって」

応えず、時生は作業を続ける。

「今日、奥さんの命日じゃないですか……」

「……」

「毎年言ってるくせに。命日に店を開け続けることが何よりもの供養だって」

「中途半端な味で店を開けるよりは閉めたほうがマシだ」

梅雨美から受け取ったテーブルクロスをしまおうとカウンターに向かったとき、時生の足が何かを踏んだ。

「?」と下を見て、時生は大きな声をあげた。

「うわっ!」

「!?」と梅雨美が振り向き、菊蔵と細野もその声で目を覚ました。

「シェフ?」

「どうしたんですか!?」

腰を抜かしたように床に座り込む時生のほうに三人が駆け寄る。

「あああ……!」

時生が指さすその先には……拳銃が落ちていた。

「!」


バーを出た誠司は外階段を使ってビルを出た。表通りにミズキがバイクを停めているのに気づき、裏へと回る。ミズキは気づかず正面入り口から入っていく。ビルの中にミズキが姿を消したと同時に、誠司がビルの前を歩き去っていく。

その光景を女が物陰から見守っている。女は誠司のあとをつけるべく、歩き出す。

事務所に入ると、ミズキはすぐにバーの監視カメラ映像を確認した。モニターには上着にくるまりソファで眠る誠司の姿が映っている。

「……」

早朝のニュースが終わり、報道フロアには弛緩した空気が流れている。中継から戻った査子も加わり、桔梗らスタッフは朝食をとっている。

美味しそうなおかずが詰まった査子の弁当を見て、「おっ」と黒種が声を発した。

「今日もパパの特製の弁当か」

「もう作らなくていいって言ってるんですけどね」

「じゃ俺と交換する？」と国枝がカップ麺を査子に見せる。

「朝からそれは嫌でしょ」

前島が言い、査子が笑う。

黙っておにぎりを頬張っていた桔梗のところに折口がやってきた。

「倉内、ちょっといいか？」

「はい」

席を立ち、桔梗は折口のあとに続く。副調整室でふたりきりになると、折口は桔梗に話し始める。

「黒種からお前が後任を気にしていると聞いた」

「あまりに急だと思わない？　今日知らされて、年明けにはもう新番組って」

「俺だってそう言ったよ、社長に。せめて四月の改編でどうですかって」

じっと見つめられ、「わかったよ」と折口は降参した。

「本当は年明けに行う社長の記者会見で発表する予定なんだけど……同期のよしみだ。特別にお前にだけ言っておく」

「……」

「後番組のＭＣは――」

※

「……」

床に落ちている拳銃を囲み、一同が顔を見合わせている。

「いや、この中にはいないでしょ？」

皆をうかがう梅雨美に、「当たり前だ」と時生が返す。「誰の私物だっていうんだ。こんな物騒なもの……」

「だよね」

「てか、これ本物なんすかね……？」

「たしかに」と時生が細野にうなずく。「それもそうだよな」

拳銃を拾おうと腰をかがめた時生に、菊蔵が叫んだ。

「いけません！」

「ん？」

「もしも本物だとしたら、拳銃にシェフの指紋がついてしまいます」

「！」と時生は飛びのいた。

「じゃあ、これでつまんでみる？」と梅雨美はトングを手に取った。

「あ、じゃあつまんだらここに」

細野がトレイを差し出すと、「ふざけるな！」と時生がふたりに割って入った。

「大切な料理道具だぞ！」

「ごめんなさい……」と梅雨美がしゅんとなる。

「でもですよ？　本物がこんなところに落ちているわけないじゃないですか」

細野が言い、「たしかに、それもそうね」と梅雨美がうなずく。

そのとき、「あ！」と菊蔵が大きな声を発した。

「びっくりした」と時生が菊蔵を見る。「なんですか？」

「こ、こ、これ！　殺人事件の！　逃走中の！　犯人の！　それですよ！」

「え!?」と梅雨美が手で口を押さえる。

「先ほどニュースで言っていたんです！　逃走中の犯人が拳銃を持って逃げてるって！」

「！」


用意したコーヒーをバーに持っていこうとしたミズキは、ふとモニターに目をやった。監視カメラ映像の誠司が身じろぎし、上着がずれた。画面をじっと見つめていたミズキの表情が険しくなる。

まさか……。


「け、警察に電話だ」

スマホを取り出そうとする時生に向かって、「ちょっと待った！　と梅雨美が両手を広げて制した。

「？」

「……黙ってない？　このこと」

「なに言ってんだ……?」

「だって、そんなことしたらあれこれ調べられて、その間ソース作りができなくなっちゃうでしょ。最悪、今日はもう営業停止だって言われるかもしれないし……」

「……梅雨美、だから今夜はもう店は――」

「だって」と梅雨美がさえぎった。「今夜はクリスマス・イブだよ」

「……」

「ほら、楽しみにしてるお客さまだってたくさんいるしと。だから……」

考え込む一同に向かって、細野がおずおずと口を開いた。

「あの……だったらいっそのこと海に捨てちゃうとかどうですか? なかったことにしちゃうとか!」

冷たい視線が一斉に細野に向けられる。

「ないっすよね……」

「いや……」と菊蔵が口を開いた。「たしかに、ここで発見されなければいいだけの話です。ゴミ捨て場に捨てちゃいましょう!」

「おい?」と時生があきれ顔になる。

「いや、これは大事な証拠品だから捨てちゃうのはよくないと思う」

「当たり前だ」と時生が梅雨美にうなずく。

「あくまで逃亡中の犯人がどこかで落としたってことにしないと……」

「おい？」

「では犯人の逃走ルートを予想して、ほどよい道端に置きにいきましょう」

菊蔵の提案に「なるほど」と細野がうなずく。

「おーい！」


折口との話を終え、自席に戻った桔梗に向かいの席の黒種が訊ねる。

「誰だったんですか？　僕にも教えてくださいよ」

桔梗は無視し、残ったおにぎりを片づけていく。

「局長から聞けたんですよね？　後任のＭＣ」

「……」

桔梗の真後では査子が弁当を食べている。


スマホを手に時生は店を出た。

ライトグレーのハーフコートを着た男が前を横切っていく。どこかで見かけたような気がしてその後ろ姿を追うも、まさか昨夜の拳銃男だとは気がつかない。

「あの」

背後から声をかけられ、振り向く。サングラス姿の女が後ろに立っていた。どうやら道をふさいでいたようだ。

「すいません」と慌ててよける。

女は前を行く男を追うように足早に歩き去った。

時生は番号を押し、スマホを耳に当てた。

「あ、もしもし」


テーブルに広げた横浜の地図を囲み、梅雨美、菊蔵、細野が頭を突き合わせている。

「ホシはクリングル号記念公園で男に発砲後、この店までやってきた」

梅雨美にうなずき、菊蔵が続ける。

「この店へとたどり着くルートは、新横浜通りと野毛本通りです」

最初のルートを指でたどりながら、「野毛本通りは居酒屋も多いし、夜中でも人通りがありますよね」と細野が駄目を出す。

「ホシが選んだのはこのルート」と梅雨美が新横浜通りを指差す。

「このルートのどこにチャカを置きましょうか……？」

菊蔵が訊ね、「そうねぇ……」と梅雨美が渋い表情で考える。

時生が店に戻ると、テーブルを囲んでいた三人が一斉に振り返った。

親指を突き出し、ニヤッと笑う。


思い切り振るわれた拳で、牧瀬が床に吹っ飛ばされた。

「すみません……ミズキさん！」

「取引には誠司さんが必要なんだぞ」

ミズキは胸ぐらをつかみ、牧瀬を引き起こす。

「必ず見つけ出せ。警察に捕まる前にだ」

「……はい！」


朝になり、暮らしのざわめきが外の空気を震わせ始めた。これからますます逃げるのはむずかしくなっていくだろう。

身の危険を感じてアネモネのアジトから逃げたはいいが、どん詰まりの状態は変わらない。人目を避けて狭い路地を歩きながら、誠司は今後どうすべきかを必死に考える。

組織のボスか若頭か知らないが、あの若い男が電話をかけてきた男ではないのなら（カマをかけたときの反応を見るかぎり十中八九違う）、早急に電話の男に会う必要がある。俺が置かれているこの状況に関しての確かな情報を持っているのは、どう考えてもあの男しかいないからだ。

男が電話で指定した山下埠頭で会えなかったのだから、あの男も困っているはずだ。このまま逃げ続けていれば、じきにあの男から連絡が入るだろう。それまでは絶対に捕まるわけにはいかない。警察にも、アネモネとかいう犯罪組織にも……。

考えごとをしていたせいで、路地を抜けて表通りに出ていることに気づかなかった。顔を上げると、聞き込みをしていた刑事らしき男と目が合った。

「！」

「あ……！」

刑事が声をあげた瞬間、誠司は踵《きびす》を返し、狭い路地に飛び込んだ。

「あいつだ！」

「待て！」

ふたり組の刑事は慌てて誠司のあとを追う。その後ろから女も追いかけていく。

県警本部に戻ったカレンがモニタールームに入ると、蜜谷がいた。逃亡犯を映した防犯カメラ映像をじっと見ている。

「何してるんですか？」

蜜谷は応えず、画面を凝視し続ける。

「このヤマ解決したかったら情報渡せって言ったろ」

「知ってるんですか？　その男!?」

蜜谷はカレンのほうを振り向いた。

「情報がほしかったら、あんたも情報よこせ。話はそれからだ」

立ち上がった蜜谷を、「待ってください」とカレンが呼び止める。

「まだ答えて聞いていません。どうして警視庁の管理官が横浜のヤマを追っているんですか？」

黙ったまま蜜谷が立ち去ろうとしたとき、カレンのスマホが鳴った。

「はい。……え！　逃亡犯が!?」

蜜谷は足を止め、振り返った。

『神奈川本部より各局、横浜署管内発生の拳銃発砲事件につき、マル被逃走方向を一斉する。マル被は野毛界隈から宮川方面に走って逃走中。マル被人着《にんちゃく》は、年齢三十〜四十歳前後くらい、身長一七〇センチくらい、髪短め、体格細身、上はライトグレーのコート、下は濃いグレーのズボン。現時点、野毛を中心とした広域十キロ圏配備を発令する』
カレンと杉山が乗った覆面パトカーの車内に無線の声が響いていく。県警を挙げて捜査官を投入しただけあって、マル被は徐々に追いつめられているようだ。次から次へと目撃情報が入ってくる。
最新情報をもとに、まだ見ぬマル被に向かってカレンは車を飛ばしていく。

スタジオへ向かう桔梗と入れ違うように査子が報道フロアに駆け込んできた。

「黒種さん、警察から情報提供です！　現場から逃走する男の防犯カメラ映像だそうです！」と黒種にＵＳＢを掲げて見せる。

「突っ込むぞ」

「はい！」

にわかに騒がしくなったフロアに折口が入ってきた。

「どうした？」と黒種に訊ねる。

「防犯カメラに犯人らしき人物が」

「え」

黒種はスタジオに入り、桔梗の前に新たな原稿を置いた。

「防犯カメラ映像に差し替えます」

「あ、はい」


誠司を追って刑事たちが港を駆けていく。その最後方にはカレンの姿もある。

古い工場内を突っ切り、誠司は隣接する建物の外階段を駆けのぼった。外廊下の突き当たりで、手摺りを越えて飛び降りたところにカレンが居合わせた。

伸ばしたカレンの手をすり抜け、誠司は走り去る。すぐにカレンもあとを追う。その後ろを刑事たちが続く。

誠司は桟橋から係留されているダルマ船へとジャンプしてなおも逃げ続ける。しかし、そこにカレンが回り込んでいた。「止まりなさい！」と拳銃を突きつける。

一歩ずつカレンは誠司へと近づく。

「……」

と、「ガシャン」と何かが外れる音がした。

カレンが見上げると、吊り下げられていた鉄製の塊が自分に向かって襲いかかってきた。

「！」

次の瞬間、誠司に抱きかかえられるようにしてカレンは地面に倒れ込んだ。頭すれすれを鉄の塊が通り過ぎていく。

誠司はすぐに起き上がり、ふたたび駆け出した。そのあとを刑事たちが追っていく。

カレンも身体を起こし、あとを追う。

※

店の前に警察車両が停まり、濃紺の現場鑑識活動服姿の鑑識官たちが降りてきた。予約済みの団体客が訪れたかのように、時生が腰を折って出迎える。

「ご苦労さまです」と時生は敬礼を真似して出迎える。

一行は時生に目を向けることもなく、そそくさと厨房へと入っていく。最後方から大きなジュラルミンケースを肩からさげた鑑識官が続く。

梅雨美たちはフロアの片隅に集まり、仏頂面で鑑識作業を見守っている。

「せっかく捨てるルートが決まったというのに……」

名残惜しげに菊蔵がつぶやく。

「なんで通報しちゃうかなぁ？　盛り上がってたのに……」と細野は時生に非難の目を向ける。梅雨美も冷たい視線を浴びせてくる。

なぜ自分が責められなきゃならないんだ。

ムッとしながら時生が言った。

「変な小細工しようとして。みんなして捕まりたいのか」

追いすがる刑事たちを引き離し、誠司は逃げる。栈橋の向こうに出港しようとしている小さな船が見えた。

栈橋を駆け抜け、誠司は動き始めた船に飛び移った。

「！」

港を離れていく誠司を見つめながら、カレンは言葉を失った。

同じ頃、蜜谷は山下埠頭に来ていた。

いまだ会えずにいるが、もしまだあいつが逃げているのだとしたら、必ずここに来るはずだ。

タバコに火をつけたとき、向こうから女が歩いてきた。

すれ違ったとき、なんだか嫌な感じがした。

蜜谷は踵を返し、埠頭を離れる。

女はじっと蜜谷の背中を見送っている。


「一分前」

タイムキーパーの声がスタジオに響く。

黒種が桔梗の隣に座りながら、新しい原稿を置く。

「二のあとに差し込みます」

「わかりました」と桔梗が確認していく。

「五十秒前」


誠司を乗せた船が視界から消え、カレンがつぶやく。

「なんで……」

そのとき、ポケットでスマホが震えた。

「はい……え、拳銃が!?」

カレンは踵を返し、走り出す。

「わかりました。すぐ向かいます」

しかし、その足がふと止まった。

ギイギイと音を立て、クレーンに吊るされた鉄の塊が揺れている。

あの男、なんで……。


前島のキューを受け、桔梗がカメラに向かって微笑む。

「おはようございます。午前七時の横浜テレビニュースです。昨夜十一時半過ぎにクリングル号記念公園で起きた発砲殺人事件に関する続報をお伝えします」

そこに、就任したばかりの新社長、筒井賢人《つついけんと》が現れた。報道フロアを突っ切り、スタジオに向かって歩いてくる。

「社長! すみません、こんな朝早くからお来しいただきまして」と折口がコメツキバッタのように頭を下げる。

「本当に『日曜NEWS11』で事件の特集を組もうと?」

「はい。その……倉内がそうしたいと……」

筒井はスタジオ内のモニターに映っている桔梗へと視線を移した。

『――中区の駐車場で乗り捨てられているのが見つかりました。その後、神奈川県警がこの車のナンバーを照合したところ、盗難車だったことがわかりました。運転していたと思われる男は見つかっておらず、現場周辺の防犯カメラ映像を解析するなどして男の行方を追っています』

拳銃が発見された洋食屋にカレンはすぐさま駆けつけた。鑑識官たちが厨房で作業を進めるかたわら、フロアの片隅で店主に話を聞くことにする。

なんと店主は逃亡犯に遭遇したという。

「ええ、物音がしたんで厨房に行ったら、そこに男が……」

カレンは防犯カメラの映像をタブレットで店主に見せた。

「厨房で見たのはこの男でしたか？」

「そうです！　こいつです！」と時生が大きな声を出す。

「……」

船を降りた誠司は、電話の相手との待ち合わせ場所である山下埠頭へとやってきた。

もしかしたら、あの男がいるかもしれないと、わずかな可能性にすがるように周囲を見渡す。

ふと、誰かが海を眺めて立っていることに気がついた。

目鼻立ちのはっきりとした三十代の美女。一瞬、あの女刑事かと思ったが違った。

女は誠司に微笑み、言った。

「行っちゃったわ」

「？」

「お腹すかない？」


腹を掻きながら真礼が寝室から出てくる。

「あ〜、飲んだ飲んだ。俺も弱くなったな、フラン」

ひとり言を言いながらリビングに入り、テレビをつける。

「ごめんな、フラン。パパ、いまご飯作るから」

しかし、愛犬からの反応がない。

「フラン？……フラン？」

ふと玄関を見ると、ドアが開きっぱなしになっていた。

「おい……」

真礼は顔色を変えた。

まさか……外に出たのか……？

信じたくなく、真礼は家中を捜し始めた。テレビから女性キャスターがニュースを読む声が聞こえてきたが、真礼の耳に入るはずもない。

『神奈川県警は、この男が発砲事件と何らかの関係があるとみて捜査を進めているということです。検問で警察官が見た男の顔と、発砲事件現場で警備員が目撃したという人影が同一人物かどうかも含め、慎重に調べています』


スタジオの桔梗を見ながら筒井が言う。

「認めませんよ」

「しかし、地元で起きている事件ではありますし……」

「まだあなたはわかっていないようですね」と筒井は折口を振り向く。「うちの視聴者が求めているのは報道ではありません。キー局では報じることのない、生活に密着した地元のコアな情報です。違いますか？」

「いえ……」

「予定通りクリスマス特集を流してください」

中華街のほぼ中央、関帝廟の奥にある小さな店で、誠司が謎の女とテーブルをはさんで向き合っている。

店の角、天井近くに据えられたテレビが朝のニュースを流している。

『被害者の男性からは、頭部に拳銃で一発撃たれたあとが確認されたということです。現在、神奈川県警からは男性の死因は発表されておらず、このあと遺体の司法解剖を進め、詳しく調べるものとみられています。また、現場には争ったような跡はなく、被害者である男性に目立った着衣の乱れはなかったことが捜査関係者への取材でわかりました』

チャーハンを食べながら女は誠司に訊ねた。

「本当に何も覚えていないの？」

「あんたは……俺を知ってるのか……？」

女はふっと息を吐き、言った。「私も知らないのよ。あなたが一体何者なのか」

誠司は失望し、自分の皿のチャーハンを口に運ぶ。

「でも、あなたをよく知ってる人なら知ってるわ」

「……どういうことだ？」

「この顔も覚えてない？」と女はテーブルに一枚の写真を置いた。写っているのは五十くらいの男だった。ごく普通のスーツ姿だが、サングラスの奥に見える猛禽類を思わせる鋭い目が心をざわつかせる。やはり組織の人間なのだろうか。

「……いや」と誠司は小さく首を横に振った
「警視庁組織犯罪対策部管理官。蜜谷満作」

警察の人間……？

「彼ならあなたのことをよく知っているはず」

警察が俺をマークしていたということか……。

「あなたが一体何者なのかも」

誠司は写真に視線を戻した。

「……この男が本当に俺を知ってるんだな？」

「信じるかどうかはあなたに任せるわ」

「……」

「ただ一つだけ忠告しておく。このままだとあなたは記憶を失った殺人犯になる」

「だから、俺は――」

「あなたが殺ったかどうかは問題じゃない」と女がさえぎる。「そうさせられるってこと。誰かの力によって」

「！」

「先ほど神奈川県警から公開された、現場から逃走する男の防犯カメラ映像です」

桔梗の言葉に続いて、防犯カメラ映像が流される。カメラ横に設置されたモニターに黒いコートを着た男が走り去る映像が映し出される。一瞬映った男の顔を見て、桔梗はハッとした。

映像が終わり、画面はスタジオに切り替わった。

しかし、桔梗は黙ったままだ。

桔梗の隣、カメラの画角から外れた場所に控えている黒種がささやく。

「桔梗さん？　どうしました？」

我に返って、桔梗は慌てて口を開いた。

「失礼いたしました。防犯カメラの映像に映っていた男は、現場に駆けつけた警備員が目撃した人物と似ている点があるということで、同一人物であるかどうか調べを進めているということです」

スタジオ脇で見守っていた杳子と国枝は、いつもとは違う桔梗の様子に首をかしげた。

突然テレビに映った自分の姿に誠司は激しい危機感を覚える。

たしかにこのままだと俺は殺人犯だ。

どうにかしなければ……。

危機感は焦燥感へと変わり、自分を守るべく頭が回転し始める。昨夜のあの場面まで巻き戻った記憶のなか、電話の声がよみがえる。

「そいつのことはいい。山下埠頭に来い」

そいつのこと……？

誠司は見落としていたことに気がついた。

「知ってた……あの現場に死体があるということを……」

あの男、あそこにいたのか……？

探るように自分を見つめる女に、誠司はつぶやく。

「俺じゃない……俺はやってない……」

※

厨房での鑑識作業はまだまだ終わりそうにない。時生はスタッフ一同に告げた。

「みんなはもう帰っていい。遅くまで付き合わせて悪かったな」

「シェフ……ひとりで大丈夫？」と梅雨美が時生をうかがう。

「子供じゃないんだ。大丈夫に決まってるだろ」

「ならいいけど……」

「なんだ、その言い方」

「いや、べつに……」

「ん？」

「査子ちゃんには帰らないほうがいいって連絡してあげてくださいね」

細野が真顔で時生に言い、菊蔵もうなずく。

「そのほうが賢明ですね」

「？」

いつの間に帰り支度をしたのか、細野はリュックを背負い、手にはラッピングされた袋を持っている。

「ねぇ、何それ」と梅雨美が訊ねる。

「あ、これはべつに……」

「おい待て」と時生が割り込んだ。「なんでみんなしてそんなに心配してんだ？」

「いや、犯人に逆上されたりしなきゃいいなって……」と細野が答える。

「チャカはかなり重要な証拠品となります。それをシェフが警察にすぐ通報したと知ったならば……」

「そうねぇチャカはやばいわ」と梅雨美。

「シェフ、消されちゃいますね」

「えっ……？」

「それ」と梅雨美が細野の言葉にうなずいた。「もし私がホシなら消すと思う」

「！」

「確実にね」

「！」

「それもそうですが、大事なチャカを落としたわけですから、取りに戻ってくる可能性だってあるのではないかと……」

「！」

「チャカをね」

「で、そのついでに……？」と細野がうかがう。間髪入れずに梅雨美が言った。

「消す」

「!!……」

「あたしならね」

脅しのような三人の会話に、時生は完全にビビってしまう。


放送を終えた桔梗は、自席に戻るやパソコンで防犯カメラ映像の確認を始めた。一瞬、男の横顔が映った場面でストップする。

やっぱり、この顔どこかで見たことある……。

桔梗はクラウドに保存してある画像データを調べる。項目ごとに細かく分けられた中から学生時代の写真をピックアップし、モニターに呼び出す。そんなに大量にあるわけではないので一枚一枚丁寧に見ていく。

ふと一枚の写真に釘づけになる。それは大学のゼミ合宿でのスナップ写真だった。バーベキューを楽しんでいるゼミ仲間の中に彼がいた。あの映像と比べると、当然ながらかなり若いが間違いない。

見つけた……！

「倉内」

いつの間にか折口が立っていた。

「はい？」

「今日の『ＮＥＷＳ11』は……予定通りクリスマス特集でいくことになったから」


「じゃ、私たちは帰りますね」

「シェフ。どうか、くれぐれもお気をつけください」

さっきまでの心配はどこへやら、三人はあっけなく店を出ていこうとする。

「おい！」

引き留めようとする時生に、戸口に立ったカレンが言った。

「私たちはこれで戻りますので」

「あ、はい……。ご苦労さまです」

「万が一、犯人がここに戻ってきた場合を考慮して、警察官をひとり置いておきますのでご安心ください。山田、頼んだよ」

カレンの横に立っていた小柄な警官、山田隆史《やまだたかし》が時生に向かって敬礼する。

時生はまじまじと山田と見つめ、言葉を失う。

真面目そうではあるが……自分よりも頭一つは確実に小さいだろう。

「この人を……」


折口の言葉に、桔梗は少し気色ばんで言った。

「え？　発砲殺人事件で全編押すって言いましたよね？」

「……悪いな。事件特集はなしだ」

「社長の指示ですか？」

折口は答えず、「そういうことだから」とその場を去ろうとする。

「ちょっと待って」


「ちょ、ちょっと待ってくれ！」

悲鳴のような時生の声に、梅雨美たちは振り返った。

「え？」

正面に座る女に誠司は訊ねた。

「なぁ、その蜜谷って男に、どこに行けば会えるんだ？」

しばし思案し、女は言った。

「横浜署に事件の帳場《ちょうば》が立つそうよ。そこに行けば間違いなく蜜谷に会える」

警察署……!?

「でも本当にいいの？　あなたはいま、追われている身なんじゃないの？」

「……」


「覚悟の上です！」

報道フロアに響いた桔梗の声に、査子、黒種、前島、団枝が振り返る。

桔梗は真っすぐ折口を見据え、続ける。

「これで私の処遇がどうなろうと、かまいません」


「今夜はクリスマス・イブだぞ」

何を言い出すのかと梅雨美たちは時生をうかがう。

「葵亭は創業当初からクリスマスの特別ディナーコースを毎年欠かしたことはないんだ。

俺の代で途絶えさせるわけにはいかない」

「……」

「そんなことすれば先代に顔向けができない」

手のひら返しに三人はポカンとなる。

「お言葉ですが、ソースがなければ店は開けないとシェフが……」

「言ってましたよね。圧強めに」

「言ってた」

菊蔵、細野、梅雨美があきれるも、「記憶にない」と時生は頑なに認めようとはしない。

決意の表情で時生は言った。

「今夜は必ず店を開くぞ！」


皆が心配そうに見つめるなか、決意の表情で桔梗は言った。

「今日の放送、必ずこの事件の特集を組みます」


謎の女を前に、決意の表情で誠司は言った。

「それでも俺は知りたいんだ。俺が誰なのか」

クリスマス――。
聖夜の鐘が鳴り響くそのとき、彼らは何を捨て、何を得ているだろうか。
そして、誰と過ごすのだろうか。

2

報道フロアの一角で桔梗が誰かとスマホで話している。

本番前の準備をしながら黒種がぼやきまじりに査子に言った。

「事件特集だけで一時間の尺もたないでしょ」

「ですよねぇ」

「ホント勘弁してほしいよね」と黒種が奥で電話をしている桔梗に目をやる。

査子が桔梗を見ながら、「ずっと気になってたんですけど……」と黒種に訊ねる。

「なんで桔梗さんみたいな人がうちに入ったんですか?」

「桔梗さんは最初からローカル局志望だったらしいよ」

「え?」


誠司が女に連れられ、横浜署へと向かっている。女は裏道や抜け道にやけに詳しく、ふたりは誰の目にも留まらないまま着実に目的地へと近づいていく。

いきなり広い道に出たかと思うと目の前に大観覧車がそびえ立っていて誠司は驚く。

そのかたわらに立つクリスマスツリーにふと目を向けたとき、風に吹かれた飾りの一部が落ちてきた。

その瞬間、脳裏にいくつかの映像の断片がよみがえった。

クリスマスツリー、風船の割れる音、去っていく女の後ろ姿——。

表情を変えた誠司を見て、女が訊ねる。

「何か思い出したの？」

断片は断片のまま、ふたたび記憶の底にふっと消えた。

「……いや」

「ねぇ、記憶喪失になるってどんな感じなの？」

「なってみればわかる」

「どうやったらなれるの？」

子供みたいな質問に誠司は苦笑した。

「俺に聞くなよ」

作業を終え、店を出ていく鑑識官たちを時生がドアの前で見送っている。

「ご苦労さまでした」

それぞれのユニフォームに着替えた梅雨美たちが、そんな時生を横目で見ながら厨房へと入っていく。

「シェフはどうして急にやるなんて言い出したんすかね?」

「それは言わずもがなですね」と菊蔵が細野に返す。

「え?」

口もとに笑みを浮かべ、梅雨美が言った。

「ビビった。確実にね」

鑑識官たちがドアの向こうに姿を消すと、時生はひとり残された山田に声をかけた。

「警察の人も大変ですよねぇ。もし犯人とご対面しようものなら、身を挺して守ったりしなきゃいけないですよね?」

山田は黙って時生を見る。

「私にはとても無理だなぁ。なんの武道経験もないし」

山田は表情を変えずに時生を見ている。

「その点、山田さんは、ね? 腕に覚えがあるんでしょ?」

山田の表情は曇ったままで、時生はどんどん不安になってくる。

横浜署が見えてきた。少し安堵《あんど》したのか表情をゆるめ、女が誠司に訊ねる。

「なんで私のことを信用したの？」

「信用したわけじゃない。ほかに手がないからだ」

「そうね」と女もうなずいた。「簡単に信用しないほうがいいと思う。私のことも」

ふいにふたりの視界に制服警官の姿が飛び込んできた。

すでに警察の庭先に足を踏み入れていることを忘れていた。焦る誠司を警官の目から隠すように女が突然抱きついてきた。

「！……おい」

女が誠司の耳もとでささやく。

「逃亡犯が楽しくデートしてるとは思わないでしょ？」

「……」

警官はふたりをチラ見したが、特に気にせず通り過ぎていく。

安堵の息を吐く誠司に、女が微笑む。

「ね」

「……」

桔梗が電話で話していたのは学生時代の友人だった。当たり障りのない近況を報告し合ったあと、すぐに本題に入る。

「大学卒業したあと、刑法のゼミ合宿手伝いに行ったことあったじゃない。あのとき一緒にいた、やたらと記憶力のよかった一年生覚えてない？」

幸い友人の記憶にも残っていたようだ。それほど印象的な子だったのだ。

「そうそうそう、物の配置とかひと目見ただけで全部覚えちゃう子」

スマホを耳に当てた桔梗を眺めながら、査子が黒種の話を聞いている。

「取材、記者、編集、キャスター……なんでもひとりでこなせるローカル局に魅力を感じて入ってきたんだって。で、五年前に念願叶って自分の報道番組を持つまでになった。ローカルにしては異例中の異例だよ」

「報道番組って、そんなに楽しいんですかね」

「楽しいんじゃないの？　本人は」

「結婚とかってしてないですよね？」

「浮いた話は聞いたことないね」

「私には絶対ムリです。仕事だけの人生なんて……」

友人がゼミの後輩にツテがあると知り、桔梗は仲介を依頼した。

「誰か知ってる人、紹介してくれない？　ホント助かる。ありがとう」

電話を切ると、桔梗は査子へと視線を向けた。目が合い、査子は思わず視線をそらす。

「査子ちゃん」

「はい！」

「横浜警察署に行ってきて」

「え？」

「早くして。尺足りないんでしょ」

それだけ言うと報道フロアを出ていく。

「あ、はい！」

査子は気まずそうに黒種を振り向く。

「聞かれてましたね」


「なんですか、これは!?」

厨房のいたるところに残された白い粉末の跡を見て、菊蔵が大きな声をあげた。

「あー、なんか鑑識の人がポンポンやってましたよね」と細野が返す。

「ねぇ、この白い粉ってさ、なんなんだろうね？」

「たしかに」と細野が梅雨美にうなずく。「誰か舐めてみてくださいよ」

さすがZ世代、とんでもないことを平気で言う。

「すみません。私はすぐお腹痛くなってしまうので」と昭和世代の菊蔵がマジレスする。

「私だって嫌だよ」

あんたがやれと梅雨美が細野を目でうながす。

いっぽう、フロアでは時生が山田への不毛な質問を続けていた。

「山田さんはなんの段位をお持ちなんですか?」

「……」

「柔道?」

「……」

「剣道?」

「……」

山田はひたすら困り顔のまま、黙っていた。

事務所のデスクについたミズキがタブレット画面を見ながらスマホで牧瀬に指示を出している。

「誠司さんは関内方面に向かっている」

画面に映し出されているのは誠司の現在地を示す位置情報だ。以前から誠司のスマホにはＧＰＳアプリが仕込んであったのだ。

誠司の進行方向にある建物に気づき、ミズキは驚きを隠せなかった。

「待て！　その先は……」

まさか、誠司さんは横浜署に向かってる!?


横浜署の前には数十人の報道陣がたむろしていた。敷地の境にある鉄柵《てっさく》の向こうからその様子を眺め、誠司はむずかしい顔になる。

「本当にここに蜜谷がいるんだろうな？」

「言ったでしょ。信じるかどうかはあなたに任せるって」

「でもあんた、簡単に信用しないほうがいいとも言った」

「悪いけど、私が付き合えるのはここまで。じゃ頑張って」

立ち去ろうとする女を、「待てよ」と誠司が引き留める。

「大丈夫よ。容疑者が自ら警察署へ乗り込むなんて誰も思わない」

「違う」

「?」

「あんた誰だ?」

女はバッグから名刺入れを取り出し、一枚抜いた。差し出された名刺を誠司は受け取る。フリージャーナリストという肩書の下に、『八幡柚杏《やはたゆあん》』と名前が記されている。

「フリージャーナリスト……?」

「あっ、それと蜜谷には気をつけて。私がいま言えるのはそれだけよ」

そう言い残し、柚杏はその場を立ち去っていく。

「……」

柚杏の姿が視界から消えると、誠司はふたたび横浜署へと目をやった。正面玄関前に群がる報道陣を一瞥し、どうやって侵入しようか考える。報道陣は皆、腕にそれぞれが所属する会社名を記した腕章を巻いていることに気がついた。

なるほど……。


横浜テレビと記された腕章をつけたままのコートがカメラバッグの上に置かれている。その前に国枝が立ち、おつかいに出した査子の帰りを待っている。

「すみません」と声をかけられ、国枝は振り向いた。白いコートに赤いパーカーを着た六十くらいの男が立っていた。豊かな髪は見事なまでに白く、ちょっとしたサンタクロース感がある。

「犬を捜しているんですが」

「犬？」

「フランっていうんですけどね。今朝ご飯あげようとしたらいなくなってまして……」

「あ、そう。そりゃ大変だね。どんな犬なんですか？」

「真っ白でとっても可愛くて人懐っこい犬なんです」

「人懐っこい？　そりゃ心配だね」

「そうなんですよ」とその男、真礼は強くうなずく。「誰にでもすぐ尻尾振っちゃうんです」

そこにカップコーヒーを手にした査子が戻ってきた。たむろする報道陣の群れの中、国枝の姿を探す。白いコートの男が目に留まり、その話し相手が国枝だと気づいた。

「いた」

査子は報道陣の群れをかき分けるようにして、国枝へと近づいていく。

「地域課？」と真礼が国枝に訊ね返す。

「うーん、わかんないけどその辺かなあ」

そのとき、カメラバッグの上からスッとコートが消えた。

「ありがとうございます。大変助かります」

「見つかるといいですね。フランちゃん」

「はい」

次の瞬間、コートがバッグの上に戻される。しかし、腕章は消えている。署に入っていくサンタクロース男を見送っていると査子が戻ってきた。

「クニさん、コーヒー買ってきました」

「おう、悪りぃな」

査子は国枝にコーヒーを渡すと、あらためて集まった報道陣を見回す。この人たちみんな、桔梗のように報道に人生を懸けているのだろうか……。

「査子、お前は中で囲みだ」

「え？」

「あいつらについていけ」

記者らしき人たちが広報の誘導で署へと入っていく。その中に『横浜テレビ』の腕章をつけた見ず知らずの記者がいたのだが、査子は気づかなかった。

「あ、はい」

査子は慌ててその最後尾についた。

コーヒーを飲もうとして記者の列に背を向けた国枝は、道の向こうを駆けていく白い犬に気がついた。

「ん？　フラン？」

ちょうどそのとき、牧瀬の車が横浜署に到着した。まずは鉄柵越しに様子をうかがう。

※

赤レンガ倉庫近くのカフェで桔梗がゼミの後輩と向き合っている。

「ごめん。休みのとこ朝から呼び出しちゃって」

「いいですけど。何かありました？」

「ゼミで一緒だった同窓生で中退した子覚えてない？　はら、めっちゃ記憶力のいい」

「ああ……いましたね」

「名前、なんて言ったっけ？」

桔梗から提案された無謀な番組構成を成立させるべく、黒種が頭を悩ませている。普通にクリスマス特集でいいのに、なぜにああも事件報道にこだわるのか。

桔梗のムチャブリにはこれまでも散々苦労させられてきただけに、モチベーションも上がらない。

眠気に襲われ、大きなあくびをしたとき、背後から声をかけられた。

「本当大変だよね、会社員って」

「え？」

振り返ると折口の大きな顔がすぐ横にあった。

「眠いよね。眠くてもやらないとだよね。だって上がやれって言うんだもん。ね」

「あ、はい……」

「上がさ、白って言ったらどんな黒い物でも白って言うよね」

「そうですね……」

「だよね！」

目を輝かせる折口に、警戒しつつ黒種はうなずく。

「はい……」

「だからさ、今日の『日曜ＮＥＷＳ11』の件だけどさ、倉内には君からちゃんと言っといてよ。事件特集は無理だって」

「え？　僕がですか？」

「よろしく。じゃ」

肩の荷が下りたとばかりに、そそくさと折口は去っていく。

「ええっ！」


梅雨美、菊蔵、細野の三人が汚された厨房を掃除するなか、時生はなぜか山田に向かって洋食のうんちくを語っていた。

『煉瓦亭』の初代店主はオープンから四年目で、ポークカツのひき肉バージョンを考案したと言われています。外国人にもわかりやすいような料理名をつけたい。そう考えた店主は外国人のお客さんに聞いたそうです。『What is the english name?』」

表情を変えない山田。

床にモップをかけながら梅雨美がぼやく。

「こういうのって掃除して帰ったりしないいんだね」

作業テーブルを拭いていた細野が振り返る。

「それ僕も思いました」

「構いませんよ。みんなでやればすぐです」と食器棚の整理をしながら菊蔵が度量の大きさを示す。

「その際、英語でひき肉を意味する〝mince meat《ミンスミート》〟を店主が〝メンチミート〟と聞き間違えたため、〝メンチカツ〟という呼び名がここ日本に誕生したそうです」

山田は相変わらず表情を一切変えない。

「そのメンチカツについてですが、揚げると形が割れて崩れ、パサパサになるという話を聞いたことありませんか?」

「?」

「パサパサですよ?」

作業テーブルの隅に残った粉を拭き取る前に、細野が梅雨美と菊蔵に確認する。

「本当に誰も舐めてみなくていいですか?」

「それまだ言う?」

「私はすぐお腹を壊してしまいますので……」

小首をかしげる山田に向かって、時生の語りは熱を帯びていく。

「ではなぜそうなるのか? これはですね、衣《ころも》の量が足りてないからなんです。それだけじゃない。衣というのはですね、肉汁を逃がさないコーティングのような役割も果たしているんです」

細野が最後通牒のようにふたりに告げる。

「ポンポン全部きれいにしますよ」

「どうぞ」

「お願いします」

名残惜しげに細野は残った粉を拭き取った。

「つまりですよ、衣は厚いに越したことはないというわけです。仮に、仮にですよ。衣を人にたとえるならば」

ようやく本題が近づき、時生は山田に向かって前のめりになる。

「ひとりよりふたり、ふたりより三人、より厚いほうが――」

そのとき、「ドンドンドン！」とドアを激しく叩く音が聞こえてきた。

思わず山田に抱きつく時生。

「来た！」と梅雨美が顔色を変え、一同の視線が一斉に入り口に注がれる。

署の一階の応接フロアで副署長が記者たちに囲まれている。

「一部では犯人を取り逃がしたとの情報もありますが？」

新聞記者の詰問に毅然とした表情で副署長が返す。

「現時点でお答えできることは何もありません」

その騒ぎに何事かと目をやりつつ、真礼が後ろを通り過ぎていく。

「すみません！」と査子が手を挙げ、果敢に質問する。「犯人の身元はまだわからないのでしょうか？」

自分が騒ぎの中心になっていることが居心地悪く、誠司はすばやくその群れを離れた。エレベーターのほうへと向かいながら腕章を外す。


上昇するエレベーターの中、一ノ瀬がボソッとカレンに言った。

「気にするな。ホシが一枚上手だっただけだ」

「はい……すみません」

「しかし、これだけの包囲網をひとりだけでかいくぐっているとは思えない」

定員いっぱいの刑事たちが詰め込まれた箱の中でふたりの会話を聞きながら、誠司は身を縮ませる。

「現在周辺の防犯カメラ映像の解析を急がせています」

カレンにうなずき、一ノ瀬は言った。

「それと、くれぐれも蜜谷からは目を離すなよ」

蜜谷……!?

「はい」とカレンが答えたとき、エレベーターが止まった。扉が開き、一ノ瀬とカレンら刑事たちが出ていく。

誠司が安堵の息をついたとき、「蜜谷管理官」と言うカレンの声が聞こえた。誠司は慌てて『開』のボタンを押したが間に合わず、エレベーターはふたたび上昇し始める。

やってくる蜜谷をチラッと見て、一ノ瀬はカレンにささやく。

「頼んだぞ」

「はい」

立ち去る一ノ瀬を見送り、蜜谷がカレンに言った。

「なんだ？　どの面さげてここに来た」

「え？」

「お前、ホシを取り逃がしたんだってな」

「！」

カレンの顔が屈辱《くつじょく》に染まる。

「あ、桔梗さん……」

報道フロアに戻ってきた桔梗に、黒種が声をかけた。

「なに？」

「あ、いえ。今日の『日曜NEWS11』の件なんですが……」

一度口を閉じ、どう切り出そうか黒種が思案していると、ファストアラートから新たな情報が入った。パソコンを見た前島が「えっ！」と声をあげる。

「桔梗さん！　拳銃が発見されたとの一報が！」

「!?」

黒種は思わず桔梗をうかがう。

「発見場所は？」

「市内の洋食屋です」

「洋食屋？」

「葵亭って店です」

「えっ」と今度は黒種が声をあげた。「そこって……」

「うちの店です！」

桔梗からの電話に、査子が返す。

まさかの展開に頭がうまく回らない。とりあえず査子は記者たちの輪から外れた。

誠司がエレベーターを降りると、会議室から捜査員たちがゾロゾロと出てきた。誠司は慌てて背を向け、階段へと向かう。


スマホの向こうの査子に桔梗は言った。

「お願い、すぐにお父さんに電話して言って。どこの取材も受けないでって」

「え？」

「拳銃が逃亡犯のものだとしたら独占スクープになる」

桔梗の言葉に黒種は戸惑う。

「ちょっと？　桔梗さん？」

桔梗は黒種へと顔を向け、言った。

「キー局が報じない情報なら、事件特集やる意味があるよね」

「！」

黒種を目で制し、桔梗は査子に言った。

「電話したらすぐにお店に向かって」

「！」

「スクープ、取ってきて」

その言葉に、査子の心臓が跳ねる。

「スクープ……了解です！」

※

「取り逃がしたのはたしかに私の失態です。ですが、ホシは相当身体能力に――」

さえぎるように蜜谷がかぶせる。

「言い訳する暇があったら真面目に仕事しろ」

階段を駆け下りた誠司が廊下に顔を出す。エレベーターの前で女刑事と話をしている長身の男が見える。写真の男、蜜谷満作だ。

話を終え、女刑事が去り、蜜谷はやってきたエレベーターに乗り込んだ。

「クッソ」

エレベーターの行き先を確認すると六階で停まった。待っていればよかったと誠司は舌打ちする。

階段に戻ろうと踵を返すと、向こうから縄をかけられたリンタクロースが刑事に連行されてきた。誠司は慌てて廊下の角に身を隠す。

「お前何回目だよ？　いい歳して親が泣いてるぞ」

「すみません……」

どうやらサンタの格好をした空き巣のようだ。ふたりが通り過ぎるのを身をかがめて待っていると、「あの？」と背後から声をかけられた。

誠司はビクンと立ち上がる。

「地域課はどこですかね？　上って言われてきたんですけど」

こっちもちょっとサンタっぽいおじさんが訊ねてきた。

「すみません」

誠司はそう言うと階段へと駆けていく。

真礼はため息をつき、エレベーターのボタンを押した。

刑事部屋から出てきた杉山が廊下の向こうからやってくるカレンに気づいた。

「狩宮さん、間もなく帳場が立つそうです」

「いま行く」

七階の大会議室に設けられた捜査本部に蜜谷がいる。ほかの捜査員は皆出払っており、ひとりきりだ。

事件の概要が書かれたホワイトボードの前に立ち、そこに貼られた榊原の遺体写真をじっと見つめる。

「……」


電話を終えた桔梗に黒種がおずおずと声をかける。

「あの……桔梗さん」

「なに？」

「ちょっとお話が……」

「ねえ」とさえぎり、桔梗は黒種を自席に招く。

パソコンを黒種のほうに向け、言った。

「これを見て」

モニターには防犯カメラがとらえた犯人の横顔と大学時代の後輩「天樹勇太《あまぎゆうた》」の写真

が並べられている。

「えっ……これって？」

目を丸くする黒種に桔梗が誘うような視線を向ける。

「どう思う？」


店に詰めかけた報道陣を山田が必死に制止している。しかし多勢に無勢、押されて地面に転がされた。

「痛い……」

血相を変えた時生が割って入る。

「なんなんですか、あなたたちは!?」

「ここで拳銃が発見されたんですよね？　少しでいいのでお話聞かせてください！」

「犯人の男を見たとの情報もありますが本当ですか!?」

矢継ぎ早に質問してくる記者たちを、「朝っぱらから勘弁してくださいよ、近所迷惑ですから」と手で制し、時生は山田を助け起こす。

そこに杳子がやってきた。

「通してください！　ここ、私の父の店です！」

「あ、査子」

店に入るや、さっそく査子は撮影の準備を始める。

「どこにもしゃべってないよね？」

「ああ」と時生はうなずいた。「査子が言うなって言うから……」

「ねぇねぇ、査子ちゃん」と期待に目を輝かせながら細野が訊ねる。「俺たちも映ったりするの？」

「何かしゃべりたいことがあれば」

「私たちは遠慮させていただきます」と菊蔵が前のめりになる細野を止める。「ここはシェフがひとりで」

「じゃ、お父さんお願いね」

「勘弁してくれよ。こっちは忙しいんだよ」

「こっちも忙しいの。本番まで時間ないんだから」と査子は聞く耳を持たない。

困ったように時生は菊蔵に顔を向けた。

「すみません。ここは菊蔵さんにお願いできませんかね？」

そのとき、ずっとフロアの隅でおとなしくしていた梅雨美が「シェフ！」と厨房のほうを振り向いた。

「ここは私が」

一同は梅雨美を見て、あ然とする。

なんか顔が……濃くなってる……。

どうやら隠れてずっとメイクをしていたようだ。


横浜署の近くに停めた車の後部座席にミズキがいる。

「本当に誠司さんが警察署の中へ？」

「はい」と運転席の牧瀬が返す。

ウインドウ越しに横浜署をにらみながら、ミズキは誠司の行動の意味を考える。


「君、何してる！　不審者発見！」

七階の廊下に響いた声に一斉に署員たちが駆けつけ、ひとりの男を取り囲んだ。

「違います！」と叫んだのは真礼だ。「私は地域課に行きたくて。上に行けって言われたんですよ！」

弁明する真礼に署員のひとりが言った。

「身分証明できるもの見せて」

「なんですか、その物言いは。私はね、フランがいなくなって、いま必死に捜してるんですよ！」

「はい、わかった。じゃ話聞くから。来て」

「触らないでくださいよ！」

階段から七階の廊下に出たところでこの騒ぎに遭遇し、誠司は慌てて開いていたドアの中へと身を滑らせる。

そこは大きな会議室だった。何列にもわたって長机が並び、正面にはホワイトボード。その前にひとりの男が立っていた。

男がゆっくりと誠司のほうを振り向く。

「！」

「見てしまったんです！　うちのシェフが……あろうことか見知らぬ男が厨房に侵入していたのを……！」

なぜ、倒置法……？

カメラを回しながら、査子は梅雨美の芝居がかった言い回しに顔をしかめる。画角から顔を外すために気づかれないようにわずかにレンズを下に向ける。

査子の後ろから撮影を眺めながら、細野が菊蔵にささやく。

「梅雨美さんって、案外出たがりだったんですねぇ」

「いや、案外もっと出たがりだった人があそこに……」

時生は、梅雨美の後ろでカメラに映り込もうとしている。

「シェフ……」

査子はイラっと舌打ちするも撮影を続ける。

「それでしばらくしてから気づいたんです……厨房にチャカが落ちていることに」

「チャカ？」と思わず査子は訊き返してしまった。

「そう、チャカが。神聖なる厨房の中にまさかチャカが落ちているなんて……。チャカを見た瞬間、私たちは――」

査子はいったんカメラを止めた。

「ごめんなさい。チャカはちょっと」

「あ、ごめん。そうだよねぇ、チャカはないよね」

「はい。じゃ再開しまーす」と査子はふたたびカメラを構える。

「それでしばらくしてから気づいたんです……厨房にチャカが……あ」

査子はカメラを止めた。

「ホントごめ〜ん！　なんでチャカって言っちゃうんだろ」と梅雨美は自分の頬を叩く。

「チャカの口になっちゃってる」

苛立ちを抑え、査子がカメラを構える。

「もう一回行きます」


桔梗のパソコンを覗き込み、黒種が言った。

「同じ人……ですよね？」

「あなたもそう思うよね？」

「はい……え？」

桔梗は黙ったまま答えない。

「スクープじゃないですか」

黒種がつぶやいたとき、折口がやってきた。

「倉内、社長が呼んでる」

「……」

誠司と蜜谷、ふたりの目が合い、一瞬時が止まる。

沈黙を破ったのは蜜谷だった。

「なんで殺ったんだ？」

「!?」

「何があった？」

「わからない……」

誠司のリアクションに蜜谷はようやく違和感を抱き始める。

「何も覚えていないんだ……」

「！」

「あんた……知ってるんだな？」

誠司はすがるように蜜谷に言った。

「記憶がないんだ」

「……」


カレンと杉山が捜査本部に向かっていると前方から大きな声が聞こえてきた。

「だから私はフランを捜しにここに来ただけだと言ってるだろ！」

署員たちと見知らぬ男が揉めているのだ。

横を通り過ぎながら、「なんの騒ぎ?」とカレンが杉山に訊ねる。

「さあ」

「離せ！　無礼者！」

真礼は署員たちを強引に振り切ると、その場を立ち去った。

戸惑う蜜谷に、「なぁ」と誠司が詰め寄っていく。

「教えてくれ。俺は一体誰なんだ?」

「……」

「頼む！　教えてくれ！」

そこに資料を手にした捜査員が入ってきた。ただならぬふたりの様子に、「何してるんですか?」と声をかける。

蜜谷は誠司の耳もとに顔を寄せ、ささやく。

「逃げろ。俺を一発殴って屋上へ行け」

「!?」

「お前ならできる。早くしろ！」

覚悟を決め、誠司は蜜谷を殴った。蜜谷が勢いよく床に倒れる。

ガタン！

何かが倒れる音を聞き、カレンは捜査本部に飛び込んだ。

床に蜜谷が倒れ、その前に何者かがかがみ込んでいる。

「山下埠頭で待ってる」

誠司は蜜谷に小声で告げると、すばやく立ち上がって、棒立ちになったカレンの脇をすり抜けた。

「！」

蜜谷が起き上がり、叫ぶ。

「逃亡犯だ！　出入り口を封鎖しろ！」

えっ、逃亡犯!?

カレンは反射的に誠司が消えたドアのほうを振り返った。逃げた男を追う杉山たちの靴音が聞こえてくる。

カレンは蜜谷に向き合い、訊ねた。

「なぜホシがここに？」

「……」

「蜜谷管理官。本当はホシが誰なのか知っているんじゃないんですか？」

真っすぐに目を見つめ辛抱強く待つ。やがて蜜谷が重い口を開いた。

「……勝呂寺誠司」

言いながら、ホワイトボードにその名を書く。

「それが奴の名前だ」


社長室に入るや、桔梗はツカツカと筒井の前に歩み寄っていく。

「逃げている男の身元がわかったんです」

初耳話に同行した折口の表情が変わった。

「もしかすると、まだ警察もつかんでいない情報かもしれません」

「それ本当か？」と折口が訊ねる。

いっぽう、対峙する筒井は口を結んだままだ。

「身元に関しては、まだ確かな情報ではないので放送までに裏取りを進めます」

思わず折口はつぶやいた。

「スクープじゃないか……」

「はい。それにいま、犯人が拳銃を落としたと思われる店にも独占取材を――」

つい早口になる桔梗を筒井の声がさえぎる。

「認めるわけにはいきません」

「！」

「私は言ったはずです。この局に報道は必要ないと」

スクープに興奮するふたりの報道マンの思いに水を浴びせる、冷めた声だった。

誠司の身体能力は並外れており、足も速かった。ぐんぐんと廊下を駆け抜け、追手を突き放す。階段に出ると一気に屋上まで駆け上がった。

屋上まで行けばどこかに脱出口があるのかと思ったら、何もない空間が広がっているだけだった。誠司は焦って周囲を巡る。

やはり逃げ道はどこにもない。

ただ、隣のビルとの距離が結構近い。その間隔は四、五メートルくらいだろうか。隣のビルのほうが一階分くらい低いので、飛び移れないことはない。

「え？　これかよ……？」と誠司は思わずつぶやいた。

お前ならできる……ってそういうことかよ!?

「本当にやるの？　今夜のディナー。デミグラスソースないのに」

撮影を終えたインタビュー映像をパソコンで編集しながら、査子は時生に訊ねた。奥に見える厨房では菊蔵たちが、試行錯誤しながらソース作りをしている。

「やるに決まってんだろ」


十分な助走をとり、思い切り屋上の床を蹴る。体がふわっと浮き上がり、すぐにものすごい勢いで落ちていく。十数メートル下に見えていた地面が消え、隣のビルの屋上が視界に入る。足が床に着くと同時に、誠司は衝撃をやわらげるべく前方に転がった。

さっきまでいた横浜署のビルを見上げ、跳べた自分に誠司は驚く。と、向こうのビルから靴音が聞こえてきた。誠司はすぐに塔屋《とうや》の陰に身を隠す。

チラとうかがうと、あの女刑事が下を覗き込んでいるのが見えた。

※

「今夜はクリスマス・イブだ。我が家にとってもこの店にとっても大切な一日だ」

査子は編集作業の手を休めず、時生を見ようともしない。

「この日にこの店を閉めるわけにはいかない」

顔をそむけたまま、査子は言った。

「私は嫌いだから。クリスマスなんて」

「査子」

「嫌だよ。私の誕生日がお母さんが死んだ日だなんて。嬉しくもなんともない」

ふたりの声は厨房にも届いている。

「……『これが私の最後のわがまま』──お母さんがそう言ったんだ」

「……」

「そして、お前が生まれた」

「……」

「三二〇〇グラムもあったんだぞ。お母さんな、まだ小さなお前の手を握ってた。『やっと会えたね』って」

査子の頭がゆっくりと垂れていく。

「うれしかった……。十二月二十四日は、俺が本当にうれしかった日だ」

「……」

「お母さんの願いが叶った日だからな」

「……」

「クリスマスは我が家にとって、とてもいい日なんだよ」

査子は顔を上げ、時生を振り返った。うるんだ瞳が父親を見つめる。

「それでも私は嫌いなの」

「査子……」

「誕生日とクリスマスが一緒だとさ、プレゼント一つにまとめられちゃうんだよね」

バツが悪そうに笑みを浮かべる査子に、時生も微笑む。


署の前に群がっていた報道陣が警官たちによって追い払われている。入り口が封鎖され、大勢の警官たちが前に立った。

突然の騒ぎに牧瀬がフロントガラス越しに様子をうかがう。

「何があったんでしょうか？　まさか誠司さんが……」

不安を押し隠し、ミズキは無表情を保つ。と、いきなり後部座席のドアが開いた。乗り込んできたのは、誠司だった。

「誠司さん……？」

驚きすぎて無表情のままのミズキを無視し、誠司は牧瀬に言った。

「何してる？　早く出せ」

「あ、はい」

牧瀬は慌てて車を発進させた。


「いまから戻ります。はい、すみません」

査子がスマホをしまうと、細野が店から出てきた。

「査子ちゃん！」

「ん？　どうしたの？」

「あ、いや……」と細野は手を後ろに回したまま口をもごもごさせる。

「なに？」

「今日って、もうずっと仕事なんだよね……？」

「うん。たぶん」

「そっか。そうだよね」

「うん」

「大変だね。せっかくのクリスマス・イブなのに」

「ホントそう」と査子は苦笑してみせる。「こんな忙しいのに、誕生日だからってみんなに気つかってもらっちゃって」

「あー、そっか。そうだよね。誕生日だったよね、今日。おめでとう」

「ありがと。ごめん、私もう行かないと。頑張ってね」

「うん。査子ちゃんも……！」

笑顔を残し、査子は去っていく。

背中に隠した誕生日のプレゼントを渡すことができず、細野はため息をついた。

少し離れたところから、山田がその様子をじっと見守っている。


事務所の入ったビルの前で牧瀬は車を停めた。ミズキと一緒に誠司は車を出た。通りの向こうから柚杏が様子をうかがっている。

目の端にその姿をとらえつつ、誠司はビルに入っていく。


カウンターに置かれた仏花を時生が見つめている。

査子の気持ちは痛いほどよくわかった。

今日は亡き妻のことを嫌でも考えてしまう。

「シェフ」と菊蔵から声をかけられ、時生は振り向く。さっきから皆でああだこうだ作っていたソースが完成したようだ。

「メインディッシュの件ですが、私が提案したフレンチ風のソースを洋食風に――」

皆まで言わせず、時生はソースを味見した。

「……まずい」

「！」

「ちょっと！」と梅雨美が気色ばむ。「そんな言い方ないんじゃないの？　菊蔵さんは良かれと思って提案してくれてるんだから」

「駄目なものは何言われようが駄目なんだ」

「……」


屋上に桔梗が佇《たたず》み、手にした社員証を見つめている。そこに折口がやってきた。

「倉内」

桔梗の背中に向かって、折口が話しかける。

「悪いことは言わない。もうこれ以上、社長に楯突くなよ」

「……」

「このままじゃお前、料理番組のＭＣだって降ろされることになるぞ？　嫌だろ、そんなの」

　振り返り、桔梗は言った。

「……そうね」

「そうだろ？　な」

　桔梗はうなずき、社員証を首にかけて戻っていく。

「悪いな」

　エレベーターを降りると査子に出くわした。

「あ、桔梗さん！」

　査子は笑顔を浮かべて駆け寄ってくる。

「バッチリ取材してきました！」

　思わず桔梗も笑みを返した。


　報道フロアに戻ると、桔梗はすぐに査子が撮影してきたインタビュー映像をチェックしていく。その様子をドキドキしながら査子が見守っている。

　ソムリエールのインタビューの背後に一瞬店主らしき男性が見切れた。表情を変えた桔梗が動画をストップし、査子を振り向く。

「ねえ、この人さ――」

そこに折口が顔を出した。

「みんな！　今日の『日曜ＮＥＷＳ11』は予定通りクリスマス特集で行くことになった。

倉内もそれに了承した」

査子が驚いたように桔梗を見る。黒種や前島も桔梗をうかがう。

しかし、桔梗は黙ったままだ。

「それじゃ、各自準備頼む」

言うことだけ言うと折口はすぐに立ち去った。

きつく唇を結んでいる桔梗に査子がおずおずと声をかける。

「あの……」


「そもそも先代はな、あのソースを開発するために膨大な――」

「先代先代言いすぎ！」と梅雨美が時生の説教をさえぎる。

「それ僕も気になってました」

細野まで加勢してきたから時生もムキになる。

「お前らには先代から店を受け継いだこの俺の重圧が――」

「ほらまた言った」

「なんだよ！」と時生はキレた。「言っちゃ悪いのか!?」

「だって、もうデミグラスソースはないんだよ？」と梅雨美が返す。

「ああ、悪いのは全部俺だ。もうそれでいい。俺が寸胴さえ倒さなきゃこんなことにはならなかった」

自棄《やけ》になって言い放ち、時生はハッとした。

もちろん、皆が聞き逃すはずもない。

「いま、なんつった？」

梅雨美がぐいと顔を寄せる。

「……先代から店を受け継いだこの俺の重圧が」

「そのもっとあとです」と細野。

「こんなことにはならなかった」

「そのすぐ前！」と梅雨美。

「……」

時生に代わって菊蔵が口を開いた。

「俺が寸胴さえ倒さなければ——そう言ってました」

「だよね」

「僕も聞きました！」

「……言ったっけ？」と時生はとぼける。

梅雨美は失望したように大きく息をついた。

「ああ、そういうこと。シェフだったんだ。シェフが倒したのに犯人のせいにしたってわけね」

「最低っすね」と細野も白い目を向けてくる。

「！……記憶にない」


「記憶、戻ったんですか？」

バーに入るとミズキは誠司に訊ねた。

「ああ」

そう言うと、ミズキは躊躇《ため》らいの表情を見せる。

「なんか不都合なことでもあんのか？」

「いえ」

「安心しろ。何も思い出していない」

往生際の悪い時生に、三人が詰め寄っていく。

「だったら思い出させてあげようか？　あたしたちが」

「やめろ……やめてくれ」


「ただ一つわかったことがある」

誠司はそう言ってミズキを見つめる。

「なんですか？」

「俺の居場所はここだ」

「……」

「俺はあんたが必要だ」

「……」

「だから、俺のことをもっと信用してもらっていい」

「俺は昔からずっと信じてますよ、誠司さんのこと」

「俺に見張りなんてもういらない。ＧＰＳで追う必要もない」

「！……」

※

局の近くの公園のベンチに桔梗と査子が並んで座っている。互いに牽制《けんせい》するような沈黙が一分ほど続いたあと、ふたりは同時に口を開いた。

「ねぇ」「あの」

「あっ、すみません」

「どうぞ。あなたから先に」と桔梗がうながす。

「……事件特集、本当にやらないんですか？」

「上からはそう言われてる」

査子はわずかに口を曲げた。

「なに？　言いたいことあるなら全部言って」

「あ、いえ……」

「なによ？」

「よくもあたしたちを騙してくれたね」

梅雨美に詰め寄られ、「騙したわけじゃない！」と時生は必死に言い訳する。

「お前たちが言い出せない空気をつくったんだ。俺のせいじゃない！」

「あ！　ホント最低っすね。嘘もひとのせいにするなんて」

細野が軽蔑のまなざしを向け、菊蔵はがっかりしたように首を振る。

「私が提案したソースを否定する資格なんてありません」

「そうよ！　よくも菊蔵さんにあんな偉そうな口を！」

「以前はよく私の妻が美味しいと絶賛したソースなんです」

「いまはしてくれないんですか？」

流れを読まない細野の余計なひと言に菊蔵は黙ってしまう。すかさず時生が言った。

「菊蔵さんの奥さんの舌を信じろって言うんですか？　素人の舌を」

「あ、いまのひどっ」

「心外です！　訂正してください！」

細野と菊蔵が憤慨し、梅雨美が続く。

「たしかにそんなに美味しいとは思えないけど」

「え？」

「いまのは絶対ないから！」

「ああ悪かったな」

「開き直らないでよ！」

「開き直りもするだろ！　みんなして俺を――」

そのとき、鋭い警笛の音が店内に鳴り響いた。

「やめなさい！」

笛を手にした山田が発した顔に似合わぬ凛々しい声に、一同は驚き、口を閉じた。


ミズキに断りを入れ、誠司はアネモネのビルを出た。その足で柚杏が潜んでいたビルの陰へと向かう。柚杏はまだそこにいた。

誠司が現れたことに驚きもせず、柚杏が訊ねる。

「蜜谷には会えたの？」

「ああ」

「彼はなんて？」

「長くは話せなかった。でも間違いなく俺のこと知っていた」

「ほらね。私が言った通りだったでしょ」

話しながら、柚杏は誠司の背後のアネモネのビルへと目をやった。ミズキが外に出てくるのが見える。

「またあいつと会うことになっている」

「私はあなたが犯人だとは思っていない」

柚杏は唐突にそう言った。

「俺じゃなきゃ誰なんだ?」

真犯人を知っているのかと期待するように誠司が訊ねる。

「知るわけないでしょ、私が」

肩透かしを食らい、誠司がにらむ。

「蜜谷に何か言われた?」

「!……」

「まあいいわ。でも、蜜谷についてわかったことがあったら全部私に教えて」

「……」

「私のこと少しは信用できたでしょ? よろしくね」

そう言って、柚杏はビルの陰から通りへと出た。まだビルの前にいたミズキに微笑み、どこかへ去っていく。

自分に謎の微笑みをくれた美女の背中を、ミズキが怪訝そうに見送る。

「結局、桔梗さんでも上には逆らえないんですね」

子供みたいに唇をとがらせる査子に、思わず桔梗は笑ってしまう。

「私は、『上からはそう言われている』と言っただけよ」

「え？」

「うちを見てくれている人たちが、いま一番見たいのはなんだと思う？」

査子に少し考えさせてから桔梗が自ら答える。

「私は、地元横浜で起きているこの事件だと思う」

「!?」

「ほかの局で散々やってるからって報道しないなんておかしい」

「……」

「私はいつも、自分の番組を見てくれている視聴者に何かプレゼントしたいと思って番組を作ってる」

「……」

「これは私の最後のわがまま」

「！」

桔梗が立ち上がり、去っていく。

その背中に査子が声をかける。

「待ってください！」

「？」と桔梗は振り返った。

「どんな気持ちなんですか？　スクープ取るのって」

「そうね……低く見積もっても……」

ゆっくり溜めてから桔梗は言った。

「最高よ」

「！……私も……取ってみたいです、スクープ」

「……」

「手伝っちゃ駄目ですか……？」

「駄目よ。あなたまで立場が悪くなる」

「それでも構いません」

査子は桔梗に向かってきっぱりと言った。

「スクープ取ってこいって言ったのは桔梗さんですよね？」

「……」

「独り占めになんてさせませんよ。一緒にでっかいスクープ取りましょうよ」

なんでもそつなくこなすけれどどこか冷めている——典型的なイマドキのできる若い子だと思っていたけれど、どうやら私の見る目は間違っていたようだ。

ふっと微笑み、桔梗はある名前を査子に告げた。

「……天樹勇太」

「え？」


葵亭スタッフ一同の視線を一身に浴びながら、山田は言った。

「今日はクリスマスです。今夜のディナーをお客さまたちはみんな楽しみにしているはずです。たしかにデミグラスソースはなくなってしまいましたが……しかし、いまここには料理人もソムリエールもギャルソンも皿洗いもいるではありませんか」

「……」

「僕はちゃんと覚えています。クリスマスに家族で外食したお店の味を。恋人と過ごした温かいお店の雰囲気を。笑顔で出迎え、そして笑顔で送り出してくれたお店の人たちを」

「……」

「ちゃんと覚えています」

飲食業を生業とする者にとっては、宝物のような言葉だ。皆の心が強く揺さぶられる。

「皆さんでこの日を良き一日としましょうよ！」

菊蔵、細野、梅雨美の三人が感極まったように山田を見つめる。

「山田さん……」

「山田さん……」

「山田……」

頼りない小男からもたらされた感動に、時生は戸惑う。

「私は山田に賛成！」と梅雨美が大きな声を発した。「デミグラスソースが倒れたこの日を、いい日にしたい」

「私も同感です」

「同感」

菊蔵と細野が続き、皆は時生を見つめる。

時生も強くうなずいた。

「俺もだ」

「天樹勇太って……？」

査子に問われ、桔梗が答える。

「逃亡中の犯人の名前よ」

3

午前九時、『クリングル号記念公園けん銃使用殺人事件』の捜査会議が始まった。県警本部一課長の一ノ瀬、横浜署署長らが前方の長机に陣取り、それに向き合うように並べられた長机に二、三十人の捜査員たちがついている。

ホワイトボードの前に立ったカレンが遺体の発見から現場から立ち去った不審な男の逃走劇など一連の経緯を説明し、最後に付け加えた。

「この男の名は勝呂寺誠司。犯罪者リストに該当なし。現在、素性を洗っています」

「どこからその名前が出てきた?」

一ノ瀬の問いにカレンが答える。

「警視庁から来た蜜谷管理官からです。そしてその男、勝呂寺誠司が先ほどここに現れました。ですよね? 蜜谷管理官」

カレンが会議室の後方に目をやり、一同が振り向く。出入り口の前に蜜谷が立っていた。

「なぜ彼の名前を知ってる?」と一ノ瀬が訊ねる。

「発砲事件の直後、俺の耳に届いた情報ですよ。神奈川県警のみなさんは、まだ何もつかめていらっしゃらないんですか？」

皮肉を聞き流し、カレンは訊ねた。

「勝呂寺誠司は何をしにここに？」

「それを調べんのがあんたらの仕事だろ」

怒りを含んだ捜査員たちの鋭い視線が一斉に注がれるも蜜谷はまるで動じない。


その頃、桔梗は横濱義塾《よこはまぎじゅく》大学の恩師を訪ねていた。連絡を入れたら、一限の授業がないのでいまなら会えると言われたのだ。教授室の応接ソファで向き合い、さっそく目的の人物について訊ねる。やはり教授にとっても印象深い学生だったようで、名前を出した途端すぐに、「あの記憶力の――」と反応が返ってきた。

「そうです、天樹勇太くんです！　ホント記憶力がよくし」

「ああ」と教授は深くうなずく。「私が見てきた学生の中でもずば抜けてた。中退してしまったのが残念だったよ」

「中退したのはいつ頃か覚えていますか？」

「たしか、三年の夏ぐらいだったかな。家庭の事情でとは言っていたが」

桔梗はメモを取りつつ、さらに訊ねる。

「先生、いまって天樹くんと連絡とかは?」

「もうずいぶんとってないよ。あ、でもちょっと待って。ゼミ時代の名簿ならあると思うから」と教授は立ち上がり、本棚へと向かう。

「すみません。お願いします」


葵亭では、山田の言葉をきっかけにスタッフ一同の心が一つになろうとしていた。

「俺もみんなに賛成だ。今日この日を良き日にしたい」

「シェフ……」

「ただ現実問題として、新しいデミグラスソースを作るとしたら最低五日はかかる。その問題をクリアできないかぎり、店を開くことはむずかしい」

「もう菊蔵さんのソースで――」

言いかけた梅雨美に時生がソースを味見させる。

「どうだ?」

差し出された小皿のソースを指ですくい、梅雨美が舐める。

「……よくもないか」

菊蔵はガックリと肩を落とした。

細野も横から手を出し、ひと口舐める。

「たしかに、これじゃダメっすね」

容赦ない言葉に菊蔵の肩がさらに下がる。

「ていうか、頼ませなきゃいいんじゃないんすか?」

Z世代のぶっ飛んだ発想に時生はあきれた。

「お前なに言って――」

「それいいじゃん!」と梅雨美がさえぎる。

「おい」

「わたくしも賛成です」となぜか山田が口をはさんでくる。

皆の視線が山田に集まる。

「ここにひとり、それができる男がいます」

そう言って、山田は菊蔵へと顔を向けた。

「?」


中華街の薄暗い路地をミズキに連れられた誠司が歩いている。丸い提灯が並ぶ通りを抜け、さらに細い道の向こうにある建物のスチール製のドアをミズキが開ける。

廊下にはベンチが置かれ、日本人ではないことだけは雰囲気でわかる無国籍な人たちが三人、座っている。ミズキはその前を通りすぎ、奥にある診療室へと入っていく。誠司も黙ってそのあとに続く。

初老の医師は誠司の説明を聞き、ペンライトで瞳孔《どうこう》をチェックしていく。やがて、しわがれた声で話し始めた。

「記憶喪失には、大きく分けて二つのタイプがある。一つは前向性健忘《ぜんこうせいけんぼう》。記憶が保管できなくなり、新しいものが覚えられない。もう一つは逆行性《ぎゃっこうせい》健忘。新しいことは覚えられるが、過去のある記憶が思い出せない」

誠司の後ろに控えたミズキが訊ねる。

「じゃあ、誠司さんは逆向性健忘？」

医師は黙ってうなずいた。

「どうやったら記憶が戻るんですか？」

誠司の問いに医師が答える。

「幸い逆向性健忘は、何かをきっかけに一気に記憶を取り戻すことがある」

つまりはどこの何ともわからぬきっかけをひたすら待つしかないということか……。

ペンライトをしまおうとした医師の手がデスクの上の綿棒ケースに当たった。ケースが落ち、綿棒が床に散らばる。ミズキがすかさずそれを拾い、医師に渡した。

「すまない」

綿棒をケースに戻し、医師はふたたび誠司に顔を向けた。

「君はここに来たことがあるが、それも覚えてない？」

「……はい」

「そうか。ミズキくん、彼について知っていることを話してあげてくれないか。それがきっかけになるかもしれない」

うなずき、ミズキは語り始める。

「誠司さんは本当に記憶力がいい人でした。一度目にしたものはなんでも覚えてて……。親父はそれを買って誠司さんをうちに入れました」

「試してみるか？　いまもその記憶力が健在かどうか」

わずかに好奇の色が宿る医師の目を、挑むように誠司が見返す。

「この病院に入ってから記憶していることを話してみてくれないか？」

「……」

編集ブースで査子がインタビュー映像にテロップをつけている。そこに黒種がやってきた。

「査子ちゃん、よかったね」

査子は慌てて流れていた音声をオフにした。

「はい？」

「クリスマス特集ボツらなくて」

「あ、はい。よかった、です……」

「でも、桔梗さんも気の毒ですよね」と横から前島が割って入る。

パソコン画面にはインタビューに答える梅雨美の姿が流れている。

「ですかね……」

「結局、間にはさまれて困るのって僕らだしね」

被害者めいた笑いを浮かべる黒種に、「ですね……」と査子は苦笑で返す。

その頃、桔梗は川沿いの道を自転車で走っていた。スマホの地図アプリを確認し、住宅街のほうへとハンドルを切る。

『目的地に着きました』というアプリの音声で、桔梗は自転車を止めた。

「……ここ?」

駐車場があるだけで周囲に家屋らしきものは見当たらない。桔梗はバッグから取材ノートを取り出し、教授から聞いた天樹勇太の住所と駐車場の住所を照らし合わせる。

やはり、ここで間違いない。

「……」


店のドアが開き、腕を組んだ梅雨美と山田が入ってきた。菊蔵が慇懃《いんぎん》に腰を折る。

「いらっしゃいませ。おふたりさまですか?」

「ええ」と山田がうなずき、梅雨美が続く。

「予約してないけど大丈夫ですか?」

「もちろんです。どうぞこちらへ」

菊蔵に誘われながら梅雨美は店内を見回す。

「素敵なお店ですね」

「ありがとうございます。おかげさまで地元横浜のお客さま方にとても愛されております。どうぞ」

恭《うやうや》しくイスを引き、梅雨美を席につかせると菊蔵はすばやくテーブルの向こうに回る。

待たせることなく山田も座らせ、「こちらが当店のメニューとなります」と流れるような動作でふたりに渡す。

その様子をカウンターの前で時生と細野が見守っている。

どうしてこんな茶番に付き合わなきゃいけないんだと不満げな時生に、細野が言った。

「ここは三ツ星フレンチの一流ギャルソンの腕を見せてもらいましょう！」

時生がため息でそれに応える。

ミズキと医師が見守るなか、誠司はおもむろに口を開いた。

「廊下にいたのは三人の男。一番手前にいたのは黒いジャンパーに茶色いズボン。白い靴下と黒いスニーカーを履いて、耳を掻いていた。その隣に座ってたのは、白いセーターに黒いズボン。黒い靴下に黒いサンダルを履いてた。手の爪が土で汚れてた。一番奥にいたのが、赤いチェックのシャツにグレーのズボン。茶色の靴を履いて、咳き込んでた」

まるでいま、目の前に三人を見ているかのように細かく描写してみせる。

凄まじい記憶力だなとミズキは舌を巻いた。とはいえ、ミズキ自身は外国人らしき男が三人いたくらいしか覚えていないから、誠司の描写が正しいのかはわからない。

誠司はなおも続ける。「先生が綿棒を落とした」

「落とした本数は？」

医師に問われ、誠司がそのときの記憶を呼び出す。誠司の脳には、瞬間瞬間が写真のように映像として記録されているのだ。

「二十一本」

ミズキは綿棒ケースを手に取り、綿棒を数えた。二十一本だ。

「合っています」

「相変わらず君はすごいな」と医師が感嘆したようにつぶやく。

「……」

人並外れた記憶力を持っているのに、自分のことは何一つ記憶にない。これ以上ない皮肉な状況に、笑いたくなる。

波立つ心をどうにか鎮めようとする誠司に、医師は言った。

「記憶を取り戻すには、思い出になるだけ多く触れることだ」

※

菊蔵の接客技術によって客のオーダーをコントロールできるのか。山田の発案による珍妙なる実験はいよいよ本題へと向かう。

「本日のおすすめはポークカツレツとオマール海老のマカロニグラタンでございます」

菊蔵にうなずき、本物の恋人のように梅雨美が山田に顔を寄せる。この小芝居にかなり入り込んでいるようだ。

「山田っち何にする？」

「そうだな……私はやはりビー――」

山田が「ビーフシチュー」と言い終える前に、「お客さま！」と菊蔵がさえぎる。

「今夜はクリスマスですね」

「ええ……」

三人のやりとりを見守りながら、細野が時生にささやく。

「強引にカットインしてきましたね」

「失礼だろ、いまのは」

山田の反応を見て、菊蔵がすかさず提案する。「どうでしょうか？　クリスマスにぴったりなローストチキンなんかもおすすめです」

「ローストチキンですか……」

「クリスマスにローストチキンを食べるという文化は、さかのぼると一八六〇年代アメリカの開拓時代から始まったと言われております」

「へぇ」

感心する梅雨美に、時生の心がざわつき始める。菊蔵のうんちくは続く。

「ヨーロッパからの移民たちが食料難で冬を越せないと困っていたところ、アメリカの先住民が七面鳥を始めたくさんの食材をプレゼントし、移民たちはそのおかげで飢えをしのぐことができたそうです」

「シェフ顔負けの知識ですね」と細野がつぶやくと、嫉妬の炎が時生の胸中でめらめらと燃え始める。

「これを皮切りに感謝祭が生まれ、現在でもクリスマスなど大勢の人が集まる行事で七面鳥のローストが食べられるようになったというわけです」

こいつ、ペラペラペラペラペラと……。


かつて天樹勇太が住んでいたマンションは駐車場になっていた。桔梗は駐車場の管理会社から担当する不動産屋を聞き出し、訪ねた。

「取り壊した？」

「ええ」と老齢の不動産屋がうなずく。「あそこは事故物件だったんでね」

「事故物件？」

「もう二十年も前のことですけどね。あそこにあったマンションの一室で自殺した人がいましてね。それから借り手がいなくなって、取り壊したんですよ」

天樹勇太が急に大学を辞めた時期だ。


「じゃ、ローストチキンにしようか」

「梅雨美さんがいいならそうしましょうか」

「かしこまりました」と菊蔵は満足そうな笑みを浮かべる。「当店のチキンは皮がとても香ばしく、肉はとってもジューシーな焼き上がりとなっております。クリスマスにとても合う一品です」

「うまく回避できたみたいですね」

時生にささやき、「ん？」と細野は隣を見た。いつの間にか時生の姿が消えている。

「あれ？　シェフ？」

そのとき、店のドアが開き、時生が入ってきた。

「ひとりですが空いていますか？」

まさかの乱入!?

一瞬動揺するも、すぐに菊蔵はギャルソンの顔に戻る。

「いらっしゃいませ。どうぞ、こちらへ……」

不敵な笑みを浮かべ、時生は案内された席につく。


診察室を出た誠司とミズキが廊下を並んで歩いている。

「誠司さん……一つ聞いてもいいですか？」

「なんだ？」

「さっき話していた女は誰なんですか？」

気づいていたのか……。

誠司は柚杏の名刺をミズキに見せる。

「ジャーナリスト……？」

「そう名乗ってた」

「なぜ誠司さんに？」

「わからない。俺の失った記憶は、ある男に会えばわかると言われた」

「ある男って？」

「警視庁の蜜谷って男だ」

「！」

「それで俺は警察署へ」


捜査会議が終わり、時計を確認しながら蜜谷が会議室を出ていく。反対側の出入り口からカレンと一ノ瀬も廊下に出る。

「狩宮」

「わかってます」と一ノ瀬にうなずき、カレンは蜜谷の背中を追った。


診療所を出たところで、「それで？」とミズキは誠司に訊ねた。

「蜜谷とは会えたんですか？」

「ああ」

「何を話したんですか？」

一瞬の間のあと、誠司は言った。

「何も……蜜谷は俺を捕まえようとした」

「……そうですか」

「……」

「蜜谷が誠司さんのことを知っているのは当然ですよ。蜜谷は組織犯罪対策部の刑事。俺らを追っている男です」

「！……」

「その女が誰なのか、すぐに調べさせます」

「頼む」


不動産屋を出た桔梗はノートパソコンを取り出した。会社の資料室のアーカイブにアクセスし、十八年前の自殺事件について調べ始める。いくつかのキーワードを打ち込むとすぐに該当する事件に関する情報が画面に並んだ。『現職警察官自殺』の文字に、桔梗はハッとなる。


本番を一時間後に控え、スタッフ一同が準備をしている。査子がインタビュー編集の仕上げをしているとスマホにメッセージが届いた。見ると彼氏の翔太からだ。

『誕生日おめでとう！　ディナーの件は了解。はっきりわかったら教えて。仕事頑張って！』

査子の顔に笑みが広がる。

『ありがとう』と返信し、査子は仕事に戻った。

そこに折口が顔を出した。隣で作業していた黒種に声をかける。

「黒種くん、クリスマス特集のほうの準備は大丈夫だよね?」

「あ、はい。大丈夫です」

査子はチラと黒種をうかがう。

「そうか……ホント頼むぞ。倉内がまた変なこと言ってきたら、すぐに俺に言ってくれ」

「はい……」

「俺も参ってたんだよ。これ以上好きに暴れ回られると俺の立場まで危うくなる」

「ですよね……」

そのとき、査子のスマホが震えた。桔梗だ。折口たちに背を向け、査子は受信ボタンを押した。「はい」

「俺たちだけじゃないぞ。お前たちもだからな」

「えっ、十八年前の自殺!?」

思わず大きな声を出してしまった。折口と黒種が怪訝そうにこっちを見ている。

「すみません。なんでもないです」

査子は慌てて、フロアの隅へと移動する。

「そう。私が新人記者の頃に報道した記憶があるの。ライブラリーに映像が残ってると思うから、それ転送してくれる？」

「わかりました。それが今回の事件と関係が？」

「まだわからない。でも何か引っかかるのよ」


メニューを見ながら、時生はゆっくりと口を開く。

「そうですね。じゃあ真鯛のマリネとアスパラガスのサラダ。最後にビー――」

「お客さま！」

さえぎる菊蔵をものともせず時生は注文を続ける。

「ビーフシチューを」

「！」

その攻防を梅雨美と細野、そして山田の三人が固唾を飲んで見守っている。

「言った……」と細野がつぶやく。

「かしこまりました。素晴らしいチョイスです」

「受け入れた……？」と梅雨美は驚く。

「お飲み物はいかがなされますか？」

「ワインをもらいたい」

「赤と白、どちらがお好みでしょうか？」

「どちらでも。料理に合わせてお願いします」

「かしこまりました」

菊蔵は時生のテーブルを離れ、ワインセラーへと向かう。

「さあ、こっからどうする？　菊蔵さん」

愉《たの》しそうに梅雨美が言った。


ビルに戻った誠司とミズキがバーのカウンターに並んでいる。

「ここでよく誠司さんと酒を飲んでました」

記憶を探るように誠司は前に並ぶ酒瓶を眺める。

「誠司さんはいつもこの席で。少しも思い出せませんか？」

「何も……」

「そうですか……。じゃあ、左肩にある傷のことは？」

「傷？」

誠司はシャツをまくり左肩を覗き込む。ひきつれた肉が盛り上がっているのがかすかに見える。触ってみるとたしかに傷痕らしきものがある。

「誠司さんがうちに入って間もない頃、この店で騒いでる客たちをなだめようとしたら、突然ナイフを出して暴れ始めて、俺を刺そうとしたんです」

「……」

「それを身を挺して助けてくれたのが誠司さんです」

「俺が……？」

「俺の命は誠司さんに拾ってもらったようなもんです。こう見えても感謝してるんですよ。誠司さんはそういう人です」

「……」

「今度は俺が助けますから……」

「……」

ミズキは時計を見るとスツールから降りた。

「そろそろ時間です。行きましょう」

「どこへ？」

「誠司さんは何も話さなくていいですから」

出入り口へと向かうミズキの背中を誠司が見つめる。

この男と蜜谷……犯罪組織のボスと組織犯罪対策部の刑事が自分と深く関わっている。

しかし、いまはどちらも信用することはできない。

とりあえずは流れに身を任せ、探っていくしかない。

自分と関わろうとするすべての人間と、そして自分自身を……。

誠司はスツールを降り、ミズキのあとに続いた。

※

一本の赤ワインを手に菊蔵が戻ってきた。ラベルを見せながら時生に訊ねる。

「今宵のクリスマスではこちらでいかがでしょうか？」

「いいですね。それをお願いします」

「かしこまりました。こちらはローストビーフとの相性が抜群によいのですが、ビーフシチューのままでもよろしいでしょうか？」

梅雨美が目を細め、菊蔵の思惑を解説する。

「ヴィンテージワインを餌にメインディッシュを変えさせる作戦ね」

細野と山田が同時にうなずく。

少し考え、時生は言った。

「この店の看板メニューはデミグラスソースを使ったビーフシチューだと聞いています」

「左様でございます」

「だったらメインディッシュは、それで」

「……」

「さあ、どうする？　菊蔵さん」と愉しそうに梅雨美がつぶやく。

「こっから……ですよね？」

食い入るようにふたりを見つめながら、山田が細野にうなずく。

「お客さま」と菊蔵が口を開いた。「出過ぎたことを言うようですが、このワインとビーフシチューはいささか相性がよくありません」

「まさかの徹底したワイン押し……？」と梅雨美はあきれる。

「このワインとともに美味しくいただくには、やはりローストビーフがよいのではないかと……」

「強引すぎますよね？」と細野が首をかしげ、山田もうなずく。

すかさず時生が首を横に振る。

「いや、私はここにビーフシチューを食べにきたんで」

「ありがとうございます。ですが、このワインには──」

しつこい菊蔵に時生は声を荒げた。

「わからない人だな。私はビーフシチューを食べにきたんだ！　大体なんですか、あなたの接客は」

「何かご不満が？」

「物言いは丁寧ですが、圧が強すぎる！」

ふたりの間の空気が変わり、梅雨美は慌てた。

「ちょっとシェフ？」

「圧が強い？　それは聞き捨てなりませんね。私のどの辺が圧が強いとおっしゃるんですか!?」

「菊蔵さんも」

梅雨美が割って入ろうとするが、ふたりの目には入らない。

「そういうところでしょ」

「そういうところとはどういうところでしょうか？　私はお客さまにこのワインを楽しんでいただきたくて」

「だからワインはいらないと――」

大きく振った時生の手が当たり、菊蔵はワインを落としてしまった。床に叩きつけられ、派手な音を立ててワインが割れる。

「あ！」


査子から着信が入り、桔梗は自転車を降りて、電話に出る。

「見つけた!?」

「はい！　いまアップするんでリンク送ります」

「ありがとう」

桔梗はノートパソコンを開き、査子から送られてきたリンクをクリックする。アップされている動画を再生すると古いニュース映像が流れ始める。クリーム色の外壁のマンションの前に立ったリポーターがカメラに向かっている。

『横浜市中区にあるマンションの一室で、神奈川県警西警察署の警察官、天樹悟《さとる》さんが首を吊って死んでいるのが発見されました。神奈川県警は、争った形跡や目立った外傷がないことから自殺を図ったとみて詳しく調べていキます』

「天樹……!?」

バーの階下にある事務所には招集を受けたアネモネの幹部が勢ぞろいしていた。もっとも誠司の記憶にあるのは牧瀬のみ。ほかの幹部とはいまの誠司としては初対面だ。

並んだソファの端に空いている席を見つけ、そこに座ろうとしたとき、上座についたミズキが手招きした。

「誠司さん、こっちに」

「ああ」と誠司がミズキの隣に座る。

その様子を幹部のひとり、安斎孝之《あんざいたかゆき》が怪訝そうに見つめる。

一同を見回し、ミズキはあらためて榊原が殺された件を報告していく。ミズキが話を終えると、安斎が口火を切った。

「裏切り者は本当に榊原だったんですか？」

「そうだ」

安斎はこれみよがしに誠司に目をやり、続ける。

「ほかにもまだ怪しむべき人間がいるんじゃ？」

ミズキが黙ったままなので、安斎は誠司へと矛先を変えた。

「お前、警察署へ行ったそうだな。何しに行った？」

「その件ならもう俺と話がついてる」とすかさずミズキが助け船を出す。

黙ったままの誠司を苦々しくにらみつけたあと、安斎が言った。

「ミズキさん。あなた、こいつの肩持ちすぎだ」

「……」

「俺らにもわかるようにちゃんと説明してくださいよ」

牧瀬たち幹部の視線が誠司へと集まる。我が意を得たように安斎の語気が強まる。

「俺らはみんな納得いってない。本当の裏切り者はまだこの中にいるんじゃないかと」

「……」


スマホの向こうから聞えてきた桔梗の声に査子が応える。

「天樹って、桔梗さんが言ってた逃亡犯の苗字と一致していますよね？　やっぱり何か関係があるんですかね？」

「私の資料の中に過去の取材メモがある。自殺の取材もしているはずだから、それもデータで送って」

「わかりました！」

「私は署で裏を取ってくる」

「誠司さんは榊原を殺ったことで精神的に疲れている。少しそっと――」

自分をフォローするミズキを手で制し、誠司はゆっくりと一同を見渡した。

「今夜メキシコのロス・クエルボとの取引がある。失敗は許されないでかい取引だ」

落ち着いた誠司の声音にざわついていた空気が静まっていく。

「榊原がどこまで漏らしたのか。それを探るために警察署へ入った」

不審な表情を変えず、安斎が訊ねる。

「……それで何かわかったんですか?」

「警察はまだ何もつかめていない。死んだ榊原の身元も、うちの組織のことさえも」

「どうしてそう言い切れる?」

「捜査会議の部屋に入った」

「!」

大胆すぎる行動に幹部たちは目を丸くしている。

「そこには発砲殺人事件のこと以外何も書かれていなかった。今夜の取引のことも」

「お前の言うことなどどこまで信用――」

いきなりテーブルが蹴り上げられ、安斎は思わず口を閉じた。

ミズキが安斎をねめつけ、ドスを利かせる。

「いま、ここを仕切ってんのは俺だ。ガタガタ言ってんじゃねえ」

「……はい」

「榊原が取引場所をサツに漏らしている可能性はゼロじゃない。念のために場所を変更する。新しい場所は……」

ミズキはチラと誠司を見て、言った。

「追って報告する」


割れたワインボトルを片づけながら細野が言った。

「ホント災難ですね、今日は。寸胴倒すわ、ワイン割れるわで」

「なんだ」と時生がギロとにらむ。「全部俺が悪いって言いたいのか？」

「そんなことひと言も言ってないでしょ」と梅雨美がかばう。「ね、山田」

「あ、はい……」

「悪いのは私です。ついムキになってしまいました。仮とはいえお客さまの前だというのに……。シェフとの約束を破ってしまいました。申し訳ございません」

しゅんとなった菊蔵が時生に深々と頭を下げる。

芝居だったはずなのについ本音が出てしまった。大人げない振る舞いだったという自覚があるので、時生も気まずそうに目をそらす。

そんなふたりに梅雨美が訊ねる。

「約束って?」


桔梗のデスクの背後にあるキャビネットから、査子は資料の箱を取り出した。きちんと年度別、事件別に分けられたファイルとは別に何十冊もの取材ノートが入っていた。十八年前の日付のノートを手にとり、デスクに戻る。

席につき、あらためて桔梗の取材ノートを開くと、頁いっぱいに几帳面《きちょうめん》な文字が並んでいた。たとえ取材中のメモであっても、文字に乱れがないのに驚く。自分を戒めるためなのか、表紙の裏にはこんな言葉が記されている。

『どんな小さな事件でも、自分の目で、自分の足で必ず確かめること。迷ったときは現場へ立ち戻る。常に疑問を持ち、事件の裏側まで目を向けること。大切なのは、番組を見てくれる視聴者へ何かプレゼントをすること』

公園で聞いた桔梗の言葉が査子の脳裏によみがえる。

「……」

そこに、黒種と折口がやってきた。

「査子ちゃん、桔梗さん見なかった？」と黒種が訊ねる。

査子は慌ててノートを閉じ、言った。

「あ、いや、見てませんけど……」

「前島くんは？」

「僕も見てないです」

「まただよ……」

「おい、本当に大丈夫なんだろうな？」と折口が黒種ににらみを利かせる。

「え？　いや、はい……たぶん……」

ミズキが自席で電話をかけている。流暢なスペイン語を快活に話し、今晩会えることを楽しみにしていると伝える。

そこに誠司が顔を出した。

「俺はあまりよくは思われてないようだな」

ミズキは慌てて電話を切り、スマホを置く。

「そんなことありませんよ」

「……」

「みんな疑心暗鬼になっているだけです」

誠司は時計に目をやる。蜜谷との約束の時間まであと十五分を切っている。

「なぁ、少しひとりにしてくれないか」

「？」

「もう俺は大丈夫だ。すぐに戻る」

「……わかりました」


「クッソ！　ボスの息子だからって調子乗りやがって」

怒りに任せて安斎がスツールを蹴飛ばした。「ガタン！」と大きな音を立て、スツールが倒れる。

びくびくと遠巻きに部下たちが見守るなか、幹部の中ではまだ若手のひとりが、「まあいまに始まったことじゃありませんけどね」ととりなす。

その首元をつかみ、安斎がぐいと引き寄せる。首を絞めつけながら、部下たちみんなに聞こえるように、言った。

「お前ら、わかってんだろうな。今夜の取引が成立したら、誠司は晴れてうちの幹部入りだ。そうなりゃ、あっという間に俺らの上に立つ。お前ら、それでいいのか？」

「……」

※

ビルを出た誠司がスマホの電源を切って歩いていく。少したってからミズキも出てきた。五十メートルほど前を歩く誠司の姿を確認し、あとをつけようとする。しかし、すぐにその足は止まった。

目の前に柚杏が立ちはだかったのだ。

「！」

「こんにちは」

微笑む柚杏を無視して、ミズキは行こうとする。

「さっき私のこと見ていましたよね？」

ミズキの足がふたたび止まった。

「彼は一体何者なの？」

小さくなっていく誠司の背中を見ながら、柚杏は言った。ミズキが真意を探るように柚杏を見つめる。

「あらためまして。私、こういう者です」

差し出された名刺を一瞥し、ミズキは訊ねた。

「なぜ蜜谷を探ってる？」

「それはこういう仕事なんで」

「二度と誠司さんに近づくな」

「もし近づいたら？」

「あんたを殺す」


横浜署の正面玄関の前に報道陣が集まっている。なんの説明もなく署から締め出され、皆はかなり苛立っている。

そこに自転車に乗った桔梗が現れた。報道陣が醸し出す怒りの理由がわからず、首をひねりながら駐輪スペースに自転車を止める。

同じ頃、署の裏口からひとりの男が出てきた。蜜谷だ。腕時計で時間を確認し、早足で歩き出す。直後にカレンも外に出てきた。蜜谷のあとを追いかけていく。

報道陣の中に国枝の姿を見つけ、桔梗は声をかけた。

「クニさん！」

「おう、桔梗」

周囲を見回しながら駆け寄り、「何があったんですか？」と訊ねる。

「わかんねえんだよ。急にみんな締め出されて」

「え？」

「いまここにいたってなんの情報も取れねえぞ」

さて、どうしたものか……。

桔梗が思案をめぐらせていると署員に押し出されるように入り口から誰かが出てきた。

「すみませんでした！」

頭を下げてからクルッとこちらを向いたその顔を見て、「あ！」と国枝が声をあげる。

気づいた真礼が、「あ、先ほどはどうも」とやってくる。

真礼が持っている腕章を見た国枝は「それウチの」と声をかける。

「ああ、中に落ちてましたよ」

「すみません、まだ中にいたんですか？」

「ええ。なんか騒がしくなっていて」

「何があったんですか？」と桔梗が口をはさんだ。

「わかりません。『逃亡犯だ』って声が聞こえましたが」

「逃亡犯!?」

桔梗の顔つきが変わる。

「すみません、ほかに何か——」

「逃亡犯が警察に来るわけないでしょ」と国枝が前のめりになる桔梗を一蹴した。「あ、そうだ。白い犬、見ましたよ」

「え!?」

「そこの道をあっちに向かって走っていくのを」

国枝が指さした方向を見て、真礼はハッとなる。

「うちだ。フラン、うちに戻ったんですよ！　ほら、道に迷った犬は家に立ち戻るなんて話、よくあるじゃないですか」

その言葉にまたも桔梗の顔つきが変わる。

「ああ」と国枝はうなずいた。「たしかに聞いたことはありますね」

「ありがとうございました。家に戻ってみます！」

駆け足で去っていく真礼の背中を見送りながら、国枝がつぶやく。

「なんか忙しい人だな」

「クニさん、ごめん！　私、ちょっと現場行ってくる！」

そう言って、桔梗はその場を走り去った。

「忙しい奴だな……」

駐輪スペースから桔梗が自転車を出したとき、査子からメッセージが届いた。十八年前の事件に関するデータをまとめたものだ。

桔梗は夢中になってそれを読み始める。


葵亭では菊蔵がかつての過ちを語り始めた。

「十年前、私がまだ三ツ星フレンチ店で働いていたときのことです。お客さまにマナーについて指摘したことでちょっとした言い合いになってしまいまして……ついカッとなり、お客さまに声を荒げてしまったのです」

「え、菊蔵さんが？」

驚く梅雨美にうなずき、菊蔵は小さく首を横に振った。

「お客さまに声を荒げるなどギャルソンにとってあってはなりません。その一件で私は店を去ることとなり、行き場を失うことになったのです。しかし、そんな私を拾ってくれたのがほかでもない、そのときに言い合いとなったお客さまのシェフだったのです」

「シェフ!?」

一同は声をそろえ、時生を見た。

時生がゆっくりと口を開く。

「言い合いのきっかけとなったのは一本のフォークだった。査子の中学の入学祝いに店に連れていったんだ。そこで査子が使用したフォークの順番が違うと指摘された」

「……」

「そもそもこのフォーク、いまではフレンチ、イタリアンなど洋食には欠かすことができないが、食卓で使うようになったのは約十九世紀頃、およそ二百年前のこと。意外と歴史は浅いんだ。では、その前まではどうやって食べていたのか?」

細野が梅雨美にボソッと言った。「これ長くなるやつですよね?」

「もうすでに長いけどね」と梅雨美が返す。

「答えは、手づかみの食事スタイルだ。当時は、指は神様が与えた優れた道具であるという宗教観があった。食事に触れられるのは自分の手指だけというような教えが根本にあったと言われている。つまりだ。マナーというのは各国各地、時代によって変化するものであり、あくまでもみんなで食事を楽しみ、周囲を不快にさせないためのものだ。あまりにもマナーを気にしすぎると、料理も美味しく食べることが――」

「というようなことを長々と言われまして」とたまらず菊蔵がショートカットした。「マナーに関する私の接客が食事の邪魔になっていると言われ、ついカッとなり声を荒げてしまったのです」

「どっちもどっちじゃない？」

「ですね」と山田が梅雨美にうなずく。

「せっかくの査子ちゃんの入学祝いが……」

細野の憤慨ポイントは少しズレている。

「しかし、そこで私は学んだのです。マナーについてとやかく言うのはやめようと。そして、二度とお客さまを不快にさせない。それを約束してこの店に入れてもらったのです」

時生はうなずき、菊蔵に問うた。

「菊蔵さん。あなたはいまもギャルソンとして重大なマナー違反を犯しています。それがなんだかわかりませんか？」

天樹悟。神奈川県警西警察署の警察官。かたびら商店街にある飲食店でナイフを手に暴れている男がいた。駆けつけた天樹巡査部長は威嚇のために犯人に拳銃を向けた。それでも男は抵抗をやめず、とっさに発砲。運悪く男の胸もとに当たり、犯人は死亡。正当防衛が認められたものの、人を殺したという罪の意識にさいなまれて三か月後に自殺――。

クリングル号記念公園に到着すると桔梗は自転車を降り、ベンチに座った。二十年前の事件の概要をいまの取材ノートに書き写し、さらに付け足す。

『その息子が……天樹勇太?』

「それから十八年後、今度は自分が拳銃で人を殺すことに……?」

つぶやき、桔梗は遠くに見える事件現場を眺める。

誠司が事件現場への道を急いでいる。すぐ横を走り抜けていったバイクがバックファイヤーを起こし、大きな音をたてた。

次の瞬間、誠司の脳裏に続けざまに記憶がフラッシュした。

あの場所で誰かと待ち合わせていた。そして、背後から頭部を殴られ、倒れる――。

「!?」

「査子ちゃん、原稿の準備をお願い」

黒種に指示され、「あ、はい!」と査子が席を立つ。すかさず前島が、「俺も手伝うよ」と立ち上がった。

「ありがとうございます」

デスクに置かれたノートパソコンのデスクトップ画面には、編集作業を終えたインタビュー映像のファイルがある。

何げなくそれを目にした折口は「?」と足を止め、前島と連れだって報道フロアを出ていく査子の背中をじっと見つめる。

重大なマナー違反……?

考え込む菊蔵に時生が告げる。

「お客さまが食べたいものを食べさせない? そんな店があったとすれば、それは店ごと重大なマナー違反です」

「!……」

「お客さまの食べたいものを提供し、お客さまの会話が弾み、笑顔となる。それが我々の使命なんじゃないですか?」

「大変申し訳ございません」と菊蔵は頭を下げた。「シェフのおっしゃる通りです」

「すみません、私が出過ぎた真似を……」

「それを言うなら僕が頼ませなきゃいいって……」

山田と細野も時生に謝る。

「でも」と梅雨美が反論した。「だとしたら、うちのデミグラスソースを使ったビーフシチューを食べたいっていうお客さまに対しては、みんなマナー違反に……」

「たしかに」と時生がうなずく。「デミがない以上、いまのままでは駄目だ。新しいメインディッシュを作る必要がある」

「！」

「みんなが今夜のディナーをどうにかしたいという気持ちは痛いほど伝わった。急いでメニューの試作を始める！」

力強い時生の言葉に皆の顔が輝く。

「細野。食材を出してくれ」

「はい！」

「梅雨美は割れたワインの補充を頼む！」

「はい！」

梅雨美がワインセラーに向かおうとしたとき、厨房から細野の叫び声がした。

「シェフ、大変です！」

「どうした？」

皆が厨房に行くと、細野が冷蔵庫の前に呆然と佇んでいた。開かれた冷蔵庫からは冷気が感じられない。

時生は次々と食材を取り出し、作業テーブルに置いた。見るからに鮮度が落ちている。テーブルに顔を寄せ、匂いを嗅ぐ。

「なんだこれ……傷んでるじゃないか」

「え!?」

野菜や肉を手に取って品質をチェックし、がっくりと頭を垂れた。

「駄目だ……全部傷んでる」

菊蔵が慌てて冷蔵庫を調べ、悲鳴のような声をあげた。

「シェフ！　電源が抜けています！」

「！」

一難去る前にもう一難……さらなる問題発生に、葵亭は騒然となる。

※

午前十時を過ぎたというのに桔梗はまだ戻らない。時計を気にしながら査子たちスタッフが放送の準備を進めるなか、黒種がやや焦り気味につぶやく。

「今日はホント遅いな。もうオンエアまで一時間切ってるよ」

しかし、「黒種くん、ちょっといいか？」と折口に呼ばれると、「あ、はい！」とすぐにスタジオを出ていってしまう。

査子が不信のまなざしで黒種を見送り、桔梗に電話をかける。

「いまどこですか？　みんな桔梗さんがどこ行ったんだって騒いでます」

「ごめん。オンエアまでには必ず戻る――」

ふいに視界の隅を誰かが横切った気がして、桔梗は目線を上げた。まさかの人物が目に飛び込んできて、桔梗は言葉を失う。

「？　桔梗さん……？」

「あとでかけ直す」

「もしもし、どうしたんですか？」

突然切れたスマホを怪訝そうに查子が見つめる。

洗い立てのクロスに覆われたテーブルの上に地図とホワイトボードが置かれている。ホワイトボードにはディナーメニューが書かれている。急遽時生が作ったビーフシチュー抜きのクリスマス用メニューが書かれている。

「いまから緊急食材確保会議を始める！」

時生が宣言し、テーブルを囲んだ一同がうなずく。

「駄目になった食材のほとんどはスーパーで吟味すればそろう。問題はそこらにはなかなか売っていないウチワエビだ」

ウチワエビとはその名の通り、団扇《うちわ》のような平たい体が特徴の大型のエビで、その身はなんとも言えない甘さがあり、食感もいい。西日本でしか獲れないため、こちらでは伊勢エビをしのぐ高級食材とされている。

時生は今夜のメニューのキモとなる食材をウチワエビでと考えていたのだ。

「今夜のディナーのスタート時間は十九時です」と菊蔵が告げる。

「ということは、最低でも仕込みは十七時までに終わらせていないと間に合わない」

「と考えると……」と梅雨美が地図に視線を落とす。「買い物で移動できる距離は……

約二キロ」

「いや、駄目だ。万が一の事態を考えてこの範囲、一キロまで絞るほうが安全だ」と時生が店から買い物に行けるエリアを限定する。

「その距離内にある業務用専門店は……」

一同が地図を覗き込み、目を皿のようにして探す。

「シェフ」

顔を上げた梅雨美に時生が訊ねる。

「何軒だ？」

「一軒もありません……」

「なんてことだ……」

時生は頭を抱え、菊蔵は悄然《しょうぜん》とうなだれる。

一気に重くなった空気に戸惑い、細野が軽い口調で言った。

「え？　ウチワエビじゃなきゃ駄目なんですか？　なんかほかの種類のエビで――」

「駄目だ！」

即座に時生が却下した。

だったら、どうすれば……。

考え込むスタッフ一同に、「あの……」と輪の外から山田が声をかける。

「近所のお店に行って、食材を分けてもらうというのはどうでしょうか？」

「!?」

皆が一斉に山田を振り向く。

規制線の張られた現場を見渡せるなだらかな丘の上に誠司が立っている。そこに息を切らせて桔梗が駆けてきた。

「？」

「天樹くん……？」

誠司はゆっくりと桔梗に視線を這わせる。

「天樹くん……だよね？」

「……」

4

いきなり目の前に現れた女が言った。

「天樹くん……だよね？」

知らない名だ。

「天樹勇太くん……」

「……アマギ……？」

探るように誠司は女を見つめる。

俺は勝呂寺誠司のはずだ。違うのか？

「倉内です」

女はそう名乗った。四十代……自分よりは少し上だろうか。

「横濱義塾大学の刑法ゼミで何度か会ったことがある。覚えてない？」

誠司は小さく首を横に振った。

「わからない。何も思い出せないんだ……」

「!?」

「……本当に俺はそのアマギってやつなのか？」

「あなたは天樹くんよ。昔からすごく記憶力がよくて！……」

「！」

本当に俺のことを知っているのか……？

「……俺のことを勝呂寺誠司と呼ぶ奴らもいる……」

桔梗にそう言ったとき、事件現場のほうから警官がひとり、こちらに歩いてくるのが見えた。

「！」

誠司は踵を返すや、駆け出した。

「あ、待って！」


「嫌だ！　俺は絶対に行かないぞ！」

山田の余計なひと言のせいで妙な雲行きになってきた。食材としてウチワエビを使う店などこの界隈では限られている。ていうか、あの老舗レストランしかない。あの男がシェフをやっている、あの店しか……。

ごねる時生に、「どうして〜」と梅雨美が猫なで声を出す。「すぐそこなんだから、行ってきてよ」

「ここはシェフ自ら行くべきだと私も思います」と菊蔵も譲らない。

また面倒なことになりそうだと思い、細野が言った。

「どうしてもウチワエビじゃなきゃ駄目なんですか？」

梅雨美と菊蔵が顔を見合わせる。

「ウチワじゃなくたってね、クルマとかバナメイとかね」

「ブラックタイガーもあります」

「駄目だ！」と即座に時生が却下する。「俺が求めているのはウチワだ」

「だったらやっぱ、シェフが譲ってもらってきてよ」

「その間、私たちは各所のスーパーで食材を集めておきます」

梅雨美と菊蔵の提案を、時生はふたたび却下した。

「無理だ。あそこのシェフとは仲が悪いんだ」

「あちらのシェフとこちらのシェフは、先代のもとで一緒に働いていたと耳にしております」

なのになぜ……？

菊蔵の疑問に時生が簡潔に答える。

「最悪だった。あいつに頭を下げるなんて、俺にはとてもできない！」

あきれたように梅雨美が言った。

「そうやってすぐ逃げないでよ～」

逃げる誠司を桔梗は慌てて追いかけたが、みるみるその背中は小さくなっていく。なに、あの人。足、速すぎ！

百メートルほど追いすがったところであきらめ、桔梗は足を止めた。

「……スグロジセイジ……？」

腕時計で時間を確認し、蜜谷は少し足を速めた。誰かと待ち合わせをしているのだろう。建物の陰に身をひそめながら、カレンがその姿をうかがっている。視界からその後ろ姿が外れそうになると物陰から出て、あとを追う。

前島と一緒にデスクに戻ってきた査子を見ながら、報道フロアの隅で黒種は声をひそめた。「査子ちゃんが？」

「ああ」と険しい表情で折口は話を続ける。「事件の独占インタビューを編集している」

「なんで査子ちゃんが?」

「鈍い。鈍すぎるよ、黒種くん」

「え?」

「倉内に言われたからに決まってるだろ」

「ああ……」

「社長が駄目って言ってんだ。無理だろ? 無理だよな?」

「ですね……」

「だろ。無理なんだよ。あいつは会社ってのをわかってないんだよ」

「ですね……」

言質を取り、折口は安堵の笑みを浮かべた。

「ってことで、査子には君から言っといてよ。じゃ」

「え、ちょっと」

足どり軽く去っていく折口の冷蔵庫のような四角い身体を黒種は恨めしげに見送る。

子供みたいに駄々をこねないで。

スタッフたちのあきれたような目に耐えられず、時生はついに白旗を上げた。

「あ～、もうわかったよ。俺が行けばいいんだろ。俺が」

「お願いします」と皆が口をそろえる。

「一度連絡を入れてから行ったほうがよろしいかと」

菊蔵の助言に、「わかってますよ」とむくれた顔で時生が返す。

出入り口のドアへと向かう時生に梅雨美が声をかける。

「頑張ってね、シェフ」

「ああ」

「シェフならできますよ」

細野に言われ、時生がツッコむ。

「お前が言うな」

ドアの横で山田が敬礼する。

「行ってらっしゃいませ」

「いいか。俺がいないからってな、お前たちサボるんじゃないぞ」

最後に皆に釘を刺し、時生は店を出る。店の前に停めてあった自転車にまたがると、目的のレストランに向かって漕ぎ出していく。

尾行の最中に杉山から連絡が入り、カレンはやむなくスマホを耳に当てた。もたらされた重要な情報につい声が大きくなる。

「勝呂寺誠司と似た男が!?」

「はい。事件現場近くにいた警察官が見たそうです」

「!……わかった。私もすぐに向かう」

電話を切り、カレンはハッと前を見た。話に夢中になって、少しの間蜜谷から視線を外してしまっていたのだ。

「!?」

さっきまで自動販売機で飲み物を買っていたはずの蜜谷の姿がない。カレンが慌てて周囲を見回そうとしたとき、背後から声がした。

「勝呂寺がどうした?」

振り返ると蜜谷が立っていた。

「他人様の後ろをうろちょろしやがって。俺になんの用だ?」

「……聞きたいのはこっちです」とカレンは開き直った。「どこに行こうとしているんですか?　誰かと会う予定でもあるんですか?」

「勝呂寺誠司だ」

「！」

カレンの反応に蜜谷は笑った。

「そう言えば満足か？」

ムッとするカレンをあしらうように鼻を鳴らし、蜜谷はその場を立ち去っていく。

蜜谷の行方は気になるが、優先すべきは勝呂寺誠司だ。カレンはすぐに駆け出した。

カレンが道を曲がると、蜜谷は立ち止まった。

「……」


「逃亡犯を見かけたの」

自転車を置いた場所へ戻りながら、桔梗は査子に電話をかけた。

「え!?　逃亡犯を!?」

スマホの向こうから査子のひっくり返ったような声が聞こえてくる。

「事件現場近くにいた。間違いない、あれは絶対に天樹勇太くんだった」

「それで？　どうしたんですか？」

「警察が来て、彼は逃げていった。でも一つだけわかったことがあった」

「なんですか？」

「彼は今、スグロジセイジと呼ばれている」

「スグロジ?」

どんな漢字なのか想像がつかないのだろう。いぶかしげに杏子が訊き返してくる。

「今からそっちに戻るから。あなたは過去の事件とか漁って、スグロジセイジの名前がないか調べといて」

「わかりました!」

電話を切ると、天樹勇太が去った方向へと桔梗は自転車を漕ぎ出した。


杏子がデスクに戻ると、待ちかまえていたかのように「杏子ちゃん、誰と話してたの?」と黒種が話しかけてくる。

「あ、いやちょっと彼と……」

「そっか……。あのさ……」

面倒なことを言われそうで、「ごめんなさい!」と杏子がさえぎる。「ちょっと今忙しくて。またあとで!」

そう言い放ち、杏子は逃げるようにその場を離れた。

時生はそのレストランへとやってきた。店の前には小さな黒板が立てかけられ、今日のランチメニューがチョークで書かれている。

今の時間だとちょうど仕込みの真っ最中だろう。

時生は大きく一つ息を吐き、ドアに手をかけた。

※

カウンターに腰かけたミズキがスマホで医師と話している。医師が誠司の詳しい診察結果を報告してきたのだ。

「本当に間違いないんですか?」

「ああ。勝呂寺誠司は間違いなく記憶喪失だ。あれは嘘などではない。気をつけなさい」

「はい……」

電話を切り、ミズキはアプリを起ち上げる。しかし、誠司のGPSに反応はなかった。焦りを覚え、ミズキは牧瀬のほうを振り向いた。

「……牧瀬」

「はい?」

食材を調達すべく、梅雨美と細野がスーパーへと向かっている。その道すがら、細野の口から心に重くのしかかっている悩みがふとこぼれ出た。

「プレゼント？」

「はい……。多分彼氏がいる人なんですけど、やっぱもらっても迷惑なだけですよね？」

「べつに迷惑だと思わないんじゃない？」と梅雨美が軽く返す。

「そうですかね」

「面識ない相手じゃないわけでしょ？」

「まあ、はい……」

「どこで出会った人なの？」

「え？　あ、いや……どこだっけかな……」

細野の目が泳ぎ始める。

「まさかさ、私の知ってる人じゃないよね？」

取調室の刑事のような執拗な梅雨美の追及に負け、細野は相手の名前を吐かされた。

「杏子ちゃんかぁ」

「絶対シェフには言わないでくださいよ？」

ニマニマ笑いながら梅雨美が返す。

「言わない言わない」

「なんか怪しいな」

「言わないよ。ホント」


待ち合わせ場所へと急ぐ誠司の耳に、ふいにある名前が飛び込んできた。

「梅雨美さん、本当にお願いしますよ？」

反射的に振り返ると、並んで歩く男と女の二人連れが見えた。男は若く二十代、女は三十代半ばくらいか。ツユミと呼ばれた女性を、気づかれないように誠司はチラ見する。ふたりは角を曲がり、商店街のほうへと去っていく。

「……」


自転車を押しながら時生がとぼとぼと歩いている。

結局、店のドアを開けることはできなかった。

あの男に頭を下げるなど、どうしてもできない。

安いプライドだとわかってはいるが、自分にも料理人の意地がある。

それにしても……ウチワエビ、どうする……？

なんとか約束の時間までに待ち合わせ場所にたどり着いた。誠司は警戒しながら周囲を見回す。と、蜜谷が向こうからやってくるのが見えた。

ふたりの視線が複雑に絡み合う。

自転車を走らせている桔梗のすぐ横を、ものすごいスピードで一台の車が追い抜いていった。思わず桔梗はその車の行方を追う。

強い意志を秘めているかのように車はさらに速度を上げた。

誠司の姿を確認し、蜜谷は歩き出す。

と、おぞましい何かを背後に感じ、振り向いた。視界が黒い鉄の塊にふさがれた。とっさに身体をひねって地面を蹴った瞬間、衝撃とともに蜜谷の意識は途絶えた。

「!?」

車道から突っ込んできた車に蜜谷がはね飛ばされるのを見て、誠司は絶句した。

すぐに道端に横たわる蜜谷に駆け寄ろうとしたが、自転車に乗った女に先を越された。誠司は足を止め、くるっと背を向ける。

「えっ」

目の前で起きた交通事故に、時生は目を見開いた。向こうから猛スピードで走ってきた車が、歩道にいた男性をはねたのだ。

慌てて現場に向かおうとしたとき、自転車に乗った女性が駆けつけるのが見えた。自転車を降りた女性の顔を見て、時生はハッとなる。

倒れている蜜谷のもとに桔梗が駆け寄り、声をかける。

「大丈夫ですか?」

思わずそう言ったが、男は気を失っており、どう見ても大丈夫ではなさそうだ。何事かと通行人たちが集まってきた。

「誰か救急車に連絡して!」と桔梗が叫ぶ。

そのとき、事故を起こした車が動き出した。

「!」

やじ馬たちの後ろに身を隠していた誠司は逃走する車のナンバーを確認する。いっぽう、桔梗はスマホを取り出し、動画撮影のボタンを押した。どうにかカメラのフレームに収めたが、車は一瞬で走り去ってしまった。

あらためて桔梗は倒れている男へと視線を移した。じっくりとその顔を見て、桔梗は気がついた。

クリングル号記念公園の事件現場で、「邪魔だ」と報道陣を追い払った刑事だ。

どうして……。

※

スーパーで調達した食材を梅雨美が冷蔵庫にしまっている。

「戻ってきませんね……シェフ」

「たしかに遅い」と梅雨美が菊蔵に返す。梅雨美を手伝いながら、細野が菊蔵に訊ねた。

「向こうのシェフとそんなに仲悪かったんですか?」

「私が耳にした話では、ただ一方的に嫌われていたと」

「喧嘩になってたりして……」

梅雨美は冷蔵庫のドアを閉めると菊蔵を振り向いた。

「ねぇ、ここはさ、やっぱり一流ギャルソンの話術が使える菊蔵さんが行くべきだったんじゃない？　ね、山田」

「あ、はい」と山田がうなずく。「実はわたくしもそれが一番可能性が高いのではと初めから思っていました」

「それ早く言ってくださいよ」と細野がツッコむ。

皆の期待のまなざしを受け、菊蔵は言った。

「申し訳ございません。お断りさせていただきます」

「なんでですか？」

不満そうな細野に、菊蔵はラックに収まっている雑誌を取り出す。

「先日、地元を紹介するグルメ雑誌にあちらのシェフが載っているのを妻が見まして。渋くてカッコいいと言いました」

「え、嫉妬？」

「私は好きではありません」

「いや菊蔵さん。そういう個人的なことは置いといて、今夜のディナーのためにお願いします」と梅雨美は頭を下げた。

「そう言われましても……」

「お願いします」と細野が続き、山田は菊蔵に向かって敬礼した。

「お願いします」

「……」


ストレッチャーに乗せられた蜜谷が救急車の中へと運ばれていく。その様子が背景に入っているのを確認して、桔梗はスマホでの動画撮影をスタートする。

「午前十時半前です。歩いていた男性が突然走ってきた車に轢かれました。車はそのまま逃走。男性の容体は不明です」

その様子をやじ馬の陰から時生が見つめている。自分を納得させるように小さくうなずくと、時生はその場から立ち去った。

桔梗のリポートは続いている。

「私には、車は意図的に男性めがけて突っこんでいったように見えました。昨晩から横浜で事件が多発しています。一体、ここ横浜で何が起きているのでしょうか」

背景に映っていた救急車がサイレンを鳴らしながら走り去っていく。

路地裏に身をひそめてその音を聞きながら、誠司は混乱する心を必死に落ち着かせる。

ミズキが自分のデスクで電話をしている。

「ああ、わかった」

電話を切った途端、通知音が鳴った。アプリが起動し、誠司のGPSが表示される。示している場所は、ここだった。

ミズキが怪訝そうにスマホを見たとき、事務所のドアが開いた。

「誠司さん」

誠司は険しい表情で歩み寄ってきた。

「どこに行ってたんですか?」

「お前じゃないだろうな?」

「……何がですか?」

表情を変えないミズキを、誠司がじっと見つめる。ふたりの思惑が交錯し、重い沈黙が降りる。

そのとき、誠司のスマホが鳴った。画面を見て、誠司はミズキの前を離れた。

事務所を出ていく誠司の背中をミズキが見送る。

誠司の姿が消えると、ソファに座っている幹部たちに安斎が切り出した。

「なぁ、お前らは誠司の様子が変だとは思わねえか？」

「いや……」

首をかしげ、顔を見合わせる幹部たちに安斎が続ける。

「榊原を殺ったあとからの行動がどうもおかしい」

自分たちを見る目つきもどこかよそよそしいし、幹部会のとき、自分の座る場所すらわかっていなかった。

「……本人に聞いてみるか」

つぶやく安斎に若手幹部が訊ねる。

「何をですか？」

安斎は答えず、意味深な笑みを返した。


本番直前に新たな轢き逃げ事件の報告が入り、報道フロアは騒然となっている。とにかく詳細な情報がほしい。しかし、輪をかけて混乱しているのは警察のほうだった。

「まだ轢かれた被害者の情報は入ってきてません！」

査子の大きな声が響き、国枝と前島が顔を見合わせる。

「おいおい……どうなってるんだよ、これ？」

「初めてじゃないですか？　たった一日でこうも立て続けに事件が起きるなんて……」

その後ろでは折口が、「まずいな……まずいぞ、これ……」とブツブツ言いながら落ち着きなく行ったり来たりしている。

どんなに派手な事件が起ころうが社長の声は絶対だ。『日曜ＮＥＷＳ11』で大きくは扱えない。

「無理だって……無理なんだって……」

「あ、桔梗さん」

黒種の声に一同は一斉にフロアの出入り口を見た。桔梗が早足で入ってきた。

「桔梗さん！　現場の状況は？」

桔梗は一同に向かってスマホをかかげる。すぐにみんなが集まってくる。自撮りでの現場リポートを見せ、桔梗は切り出した。

「みんな、ちょっといい？」

皆で褒め、おだて、頭を下げてどうにか菊蔵を送り出してはみたものの、梅雨美は不安になってきた。

「菊蔵さんなら……大丈夫だよね。ね、山田」

「あ、はい……。たぶん、ですけど」

不安げなふたりの様子に、細野は驚いてしまう。

「え？　菊蔵さんが一番可能性が高いんですよね？」

「あの慇懃《いんぎん》無礼《ぶれい》な態度をうまく封印できたら、可能性は一番高いのかなと……」

山田にうなずき、梅雨美がつけ加える。

「封印できれば……ね」

「はい……」

「できると思う？」

梅雨美の問いに細野が即答する。

「無理っすね。客と喧嘩する人ですよ」

「そこが微妙なので、わたくしは『たぶん』と……」

「シェフも帰ってこないし……どうなってるんだろう、向こうは」

「こういうのって、女性から頼んだほうが確率上がるってことありません？」

細野が思いついたことをすぐ口にする。山田がうなずき、梅雨美を見た。

「いや、私は無理だよ」

「なんでですか?」

「だいぶ前に、あの店で酔っぱらってグラス三つも割っちゃってさ。印象絶対よくないと思う」

「いや梅雨美さん、そういう個人的なことはおいといて、今夜のディナーのためにお願いします」

細野が頭を下げ、山田が梅雨美に敬礼する。

「お願いします」

「……」


電話をかけてきたのは柚杏だった。誠司はバーへと移動しながら、蜜谷が自分の目の前で車にはねられたことを伝える。

「誰に!?」

「わからない。ただナンバーは記憶している」

「教えて。私のほうで調べてみる」

誠司は記憶したナンバーを柚杏に伝えた。

「わかった。蜜谷の病状や搬送先もわかったら教えるから」

「頼む」

「……あなたも気をつけて」

電話を切ったとき、バーの扉がゆっくりと開いた。

※

「逃亡犯の名前は天樹勇太」

桔梗の口から出た極秘情報に折口は愕然とした。ほかのみんなは真剣な表情で桔梗の次の言葉を待つ。

「私の大学の後輩よ。だけど今、彼は『スグロジセイジ』と呼ばれていると言っていた」

「おい、言っていたって……?」と国枝。

「彼はまだこの街にいる。事件現場近くで会ったの」

「本当か!?」

思わず折口は身を乗り出す。

桔梗はうなずき、さらに衝撃的なことを口にした。

「彼はおそらく、記憶を失っている」

「！」

入ってきたのは安斎とその部下たちだった。

「なんだ、お前ら？」

にらみつける誠司に不敵な笑みを返し、安斎が部下たちに指示を出す。

「捕まえろ」

部下たちは誠司に向かって一斉に襲いかかった。

問答無用の攻撃をかわすのが精いっぱいで、誠司は次第にバーの隅へと追い詰められていく。部下たちの後ろから、安斎が怒声を発した。

「全部吐け！　裏切ってたのはお前だろ」

「やめろ」

「それがバレて、榊原を殺したんだろ」

「違う。俺は殺してない」

「記憶を!?」

新たな情報に查子が驚きの声をあげる。

「記憶を失った逃亡犯……」

前島がつぶやき、黒種が皆の共通の思いを言葉にした。

「スクープですね」

思わず笑みがこぼれ、折口もうなずく。が、すぐに自分の立場を思い出し、複雑に顔をゆがめた。

「待てよ……」と国枝が口をはさむ。「横浜署に逃亡犯が現れたって情報もあったよな。犬を捜してた人が言ってたろ？」

桔梗がうなずき、言った。

「どんな関係があるかはまだわからない。けど、車に轢かれたのは天樹勇太を追っていた刑事だった」

「！」


騒ぎを聞きつけ、ミズキと牧瀬がバーに飛び込んできた。

「お前ら、何やってんだ！」

ミズキに構わず、安斎の部下たちは誠司を捕えようと必死だ。しかし、誠司は次々と伸びてくる手を華麗にかわし、いつの間にか体を入れ替え、包囲網を抜け出している。

勢いのままドアを開け、外へと飛び出す。安斎の部下たちもあとを追う。

苦々しくドアの向こうを見つめる安斎を見て、ミズキは笑った。


桔梗はスタッフ一同を見回し、問う。

「今、地元ここ横浜で何かが起きてる。それでも本当に『日曜NEWS11』で報道しなくていいの？」

それぞれが考えをめぐらせるなか、最初に口を開いたのは査子だ。

「私はするべきだと思います」

皆の視線が査子に集まる。

「私はひとりでも桔梗さんを手伝います」

強い瞳で見つめてくる査子を、桔梗がやわらかな瞳で受け止める。

「いや、ひとりじゃねえ」と国枝が続く。「俺も手伝う」

「クニさんがやるって言うなら、俺も」と前島も手を挙げた。

黒種が折口をうかがい、桔梗も折口へと顔を向ける。皆の視線を受け、折口は覚悟を決めた。

「わかった。社長には俺から伝える」

皆の表情が一気に明るくなる。

「ありがとう」

折口に微笑み、桔梗は皆に気合いを入れる。

「本番まで時間がない。みんな急いで」

「はい！」


店の時計をチラと見て、細野が言った。

「梅雨美さんも帰ってきませんね……。大丈夫ですかね？」

「みなさん、あちらのシェフとはいわくつきみたいでしたからね」と山田が返す。

「あ〜あ、やっぱ今夜のディナーはなしですかね」

残念そうにつぶやく細野に、山田が思わせぶりな視線を送る。

「？」

「ここはなんのいわくもない誰かが行ってみるというのは……」

「……え？」


ここか……。

老舗レストランの入り口の前で大きく息を吐き、細野はドアに手をかけた。

「失礼します……！」

窓から射す日の光だけの店内は少し薄暗い。奥のほうからコックコート姿のシェフが出てきた。この店のオーナー兼シェフの松木《まつき》だ。

「なんだお前？」とポカンとした顔で戸口に突っ立っている細野に声をかける。

「あれ？」

細野は時生たちを捜すべく店内に視線を走らせる。

身に着けている制服を見て、松木が言った。

「葵亭のもんか？」

「あ、はい。あの、シェフたち来ていませんか……？」

「なんでシェフがここにいるんですか!?」

松木シェフの店にほど近い高級スーパーの鮮魚コーナーで、梅雨美と菊蔵と鉢合わせした時生はその場で固まった。

「！……いや、俺は……ちょっと寄ってみただけというか……」

「まさかとは思いますが」と菊蔵が疑わしげな視線を向ける。「あちらのシェフに頼みたくなくて、食材を探そうとこちらへ……」

「い、いや、ないだろ？　そんなこと」

あからさまにうろたえる時生に、梅雨美はため息をついた。

「そうなんじゃん」

「なんだよ……。ふたりこそ、なんでここに？　スーパーならもっと近くにあるだろ」

「大変申し訳ございません。我々もシェフと同じ口でございまして……」と菊蔵がバツが悪そうに言った。

「え？」

「シェフが遅いから助けにいこうと思ったんだけどね。どうも足が向かなくて……ね」

梅雨美にうなずき、菊蔵が続ける。

「もしかして、ここならウチワエビがあるのではないかと……」

「で、私たちも今さっきバッタリここで」

恥ずかしそうに苦笑する梅雨美に時生が言った。

「ここにウチワエビはなかった」

「やっぱ、そうなんじゃん」

「あ……」

「では、あとは細野くんに任せるしかないようですね」

「細野に？」と時生が怪訝そうに菊蔵に訊ねる。

「先ほどシェフが戻っているかと店に確認の電話を入れましたところ、細野くんが向かったと言われまして……」


プリンターから吐き出された紙を取り、桔梗がデスクの島へと戻る。

「新しい構成表はこれ。前島くん、各所に回して」と紙の束を前島に渡す。

「はい！」

立ち上がった前島を、「待て」と制し、国枝が手を伸ばす。

「スタジオ分をくれ」

前島から構成表の束を受け取り、国枝はスタジオへと向かう。桔梗は編集ブースでインタビュー動画の最終仕上げをしている査子に声をかけた。

「編集はどう？」

「これで終わりです」

画面に映る葵亭の映像を見ながら、桔梗が訊ねる。

「ねぇ、見切れてたのってあなたのお父さん？」

「はい、そうですけど」

「そう……」

そこに黒種が駆けてきた。

「本番まで三分を切りました！　桔梗さんはスタジオへ！」

「すぐに行く」と返し、桔梗は査子に言った。「映像登録よろしくね」

「はい！」


スタッフが一致団結してスクープ報道へと向かうなか、折口も気合いを入れて社長室を訪れていた。

「社長！」と大きな声で切り出すも、「なんですか？」と氷のまなざしで見つめ返され、一瞬にしてトーンが下がる。

「折り入ってご相談がありまして……」

「相談？」

「あ、はい……」


松木シェフの店の窓に貼りつくようにして、時生、梅雨美、菊蔵の三人が中の様子を覗き込んでいる。しかし、店内は薄暗く、人がいるのかさえよくわからない。

「駄目だ……全然見えない」と時生は窓から離れた。「本当に来てんのか？」

「はい」と菊蔵がうなずく。「チラッとですが、松木シェフに頭を下げているのが見えました」

「かわいそうに。ただのアルバイトなのにシェフの代わりに頭まで下げさせられて」

大げさに同情する梅雨美に畳みかけるように菊蔵が言った。

「彼も今日で辞めてしまうかもしれませんね」

チクチクと責められ、時生は針の筵《むしろ》状態だ。

「ただ辞めるならまだしも、腹いせにバイトテロとか起こさなきゃいいけど」

「バイトテロ？　なんだそれ」

時生に訊かれ、「知らないの？」と梅雨美はあきれる。

「調理器具で遊んでるとこをSNSに投稿したり」

「！」

「店の食材をペロペロ舐めたのをSNS上に投稿したり……とかですかね」

梅雨美と菊蔵の説明を聞き、時生は震えあがった。

そんな暴挙を自ら世間の目にさらすのか……!?

「あいつはそんなことしない……よな……？」

「ていうか、昨夜から呼び出して、バイト代割り増しにしたりしてる？」

「……いや」

駄目だ、この人……。

梅雨美と菊蔵は哀れみのまなざしを時生に向けた。

「……わかった。行くぞ、みんな一緒に！」

どうしてそうなるとあきれる梅雨美と菊蔵を尻目に、時生は勢いよくドアを開けた。

※

スタジオに設《しつら》えられたキャスター席に桔梗が座り、隣に控えた黒種が原稿を渡す。正面のカメラの後ろには国枝が立ち、微妙な画角を調整している。

査子がスタジオに向かおうと歩き出したとき、折口が報道フロアに戻ってきた。

「折口さん！　社長には？」

「言ったよ……」

「そうですか。ありがとうございます！」

「まもなく本番！」と前島が査子を呼びにきた。

スタジオへと駆けていくふたりから目をそむけるように、折口はフロアの一角に飾られているクリスマスツリーに視線を移した。

「今夜はクリスマス・イブだぞ!?」

先生に説教される生徒のように、時生、梅雨美、菊蔵、細野が松木シェフの前に横一列に並んでいる。

「それはもちろんわかっていますが……」

「ふざけるな！」と松木は時生を一喝した。「いきなりバイトを寄越してウチワエビを分けろだなんて、無礼にもほどがある！」

時生が思い付いたように話し始める。

「松木シェフ、あなたは〝おすそ分け〟という言葉をご存じですよね？　おすそ分けとは日本独特の文化であり、自然の恵みを独り占めせずに――」

「黙れ！　お前のウンチクはうんざりだ」

ここでもうんちくが始まり出したと思いきや、松木が一刀両断した。この点に関しては梅雨美たちも納得していた。

「わかりました。もう結構です」

立ち去ろうとする時生の上着の襟を梅雨美がつかんで引き留める。

「ホント少しだけでもいいんです」と梅雨美が手を合わせ、菊蔵は頭を下げた。

「多少でも分けていただけると大変ありがたいのですが」

「断る」

「もういい。帰るぞ」

ふたたび襟をつかんで時生を引き留めながら、梅雨美が松木に訊ねた。

「松木シェフは昔、葵亭で働かれていたことがあるんですよね？」

「先代には世話になった」

「でしたら、ここは昔のよしみということでお願いできないでしょうか」と菊蔵が頼む。

松木は首を横に振り、憎々しげに時生をにらんだ。

「俺はこいつにはなんの義理立てもない」

「……」

「洋食屋の経験もないくせに、先代の娘さんと交際しているからって理由だけで、こいつはすぐに厨房に立った。なんの苦労もせず、今じゃ葵亭はこいつのもんだ」

「……」

「大した才能もないくせに、ただ楽して先代の味を再現してるだけの能無しシェフが」

「！」

「帰れ！　お前のとこに分ける食材など何一つない」

怒りに顔を赤くした時生が口を開く前に、梅雨美と菊蔵が言った。

「ご安心ください。もう二度と来ませんので」

「妻に言っておきます。とてもいけすかないシェフだったと」

「帰るぞ」と時生が踵を返し、梅雨美と菊蔵があとに続く。

しかし、なぜか細野はその場を動かない。

「ちょっと待ってください」


カメラ脇にしゃがんだ前島がキャスター席の桔梗に向かって指を折っている。

「本番まで十秒前……八、七……」

特に気負うことなく桔梗はそのカウントダウンを聞いている。

スタジオの隅に控えた査子は息を呑んで桔梗の第一声を待つ。

「六、五秒前、四……」

副調整室では折口がモニターに映る桔梗を祈るように見つめている。そこに筒井が姿を現わした。

「社長……」

筒井は振り返った折口に目配せすると、すぐにモニターへと視線を移す。

「三、二……」

前島のキューを受け、桔梗が番組の開始を告げた。

「こんにちは、『日曜NEWS11』の時間です」

細野は松木シェフに言った。

「それは違いますよ」

「……何がだ？」

時生たちがあ然と見つめるなか、細野が語り始める。

「シェフは先代の味をただ楽して再現してるんじゃありません。先代から続く店の味を大切に守っているんです。だから食材にだってこだわっているんですよ」

「おい、もういい」と時生が制した。「行くぞ」

「よくありませんよ！」

人が変わったような細野に、時生は驚く。

「シェフはみんなを先に帰らせて、最後まで厨房に残って毎晩きれいに掃除しているし、当時から使っていた鍋や食器も今でも大切に使っています」

「……」

「シェフに大した料理の才能がない？　そんなわけないじゃないですか。シェフが作る料理は本当に美味しいです！」

「！」

「そんなこともわからないあなたこそ、大した才能ないんじゃないんですか？」

「なんだと？」

松木の顔色が変わる。

「たかがバイトが。どういう教育してんだ！　早く帰れ！」

時生は興奮でかすかに震える細野の肩をポンと叩いた。

「……帰るぞ」

安斎の部下たちに追われた誠司が松木の店の近くの路地を駆けている。

一方、前のほうから二人組の制服警官がやってくるのが見えた。

「！」

松木の店を出た四人が並んで歩いている。

「すみません……つい余計なことを……」

悄然とする細野に「いいえ」と菊蔵が微笑む。

「まったくもって余計ではありません。大変立派でした」

「ちょっと見直しちゃったよ。ね、シェフ」

「そうか？　俺はべつになんとも……」

素直じゃない時生に、梅雨美と菊蔵は笑い合う。

「ちょっと俺、コンビニ寄って帰るから。先に戻ってくれ」

そう言うと、時生は踵を返した。


「本日の特集は予定を変更してこちらの映像からお伝えしたいと思います」

いよいよだと杳子は拳を強く握る。

画面が切り替わり、ＶＴＲ映像が流れ始める。

映し出されたのは画面いっぱいのクリスマスツリー。それが地元商店街のおばちゃんの笑顔へと変わる。

「！」

私が取材したクリスマス特集のＶＴＲ素材だ……！

査子は慌ててモニターからキャスター席へと視線を移した。

能面のような無表情で、桔梗がそのＶＴＲを見つめている。

唇を強く嚙み、モニターをにらみつけている折口に背後から筒井が言った。

「賢明な判断です」

折口は口を結んだまま、小さくうなずいた。

※

「お願いします！　どうかウチワエビを分けてください！」

松木の前に時生が土下座し、床に頭をこすりつけている。

「お前んとこの従業員は無礼者しかいないな」

「……」

「先代がいた頃と一緒だ」

カッとして思わず顔を上げたとき、松木がテーブルに何かを置いた。

え……？

立ち上がり、信じられない思いで時生はそれを見つめる。

クーラーボックスの中にウチワエビが折り重なっている。

「！」


足を止めた誠司が振り向くと、安斎の部下たちはもう五十メートルほど後方まで迫ってきている。幸い、前から来る警官たちはまだ自分に気がついていない。

だが、このままでは鉢合わせしてしまう。

そのとき、突然柔道着を着た大柄な男たちの集団が横道からランニングをしながら現れた。

「え？　見た？　どこでですか？」

柔道部の男たちを年配の男が質問攻めにしている。真礼だ。彼らが小さな目の白い犬を見かけたというのだ。

道がふさがれ、誠司の姿は警官たちから見えなくなる。

「そこの道を走っていくのを見ましたよ」とひとりが誠司の立っているほうを指さす。

「本当ですか？　どこに向かって走っていましたか!?」

「向こうですよ、向こう」

「向こうって、あっちですね！　ありがとうございます！」

真礼は誠司のほうへと駆け出した。すれ違うように誠司は柔道部の男たちの巨体にその身を隠し、横道に入った。


クーラーボックスをカゴに入れた自転車を押しながら、時生が歩いている。胸中はかなり複雑ではあるが、とにかく目的のものは手に入れた。

これを使ってどんなメニューを仕上げようか……。

時生の思案は強い痛みとともに中断された。

自転車とともに地面に転がった時生は、一瞬何が起きたのかわからない。

横道から飛び出してきた誰かに突き飛ばされたのだ。

「痛ってぇ……」

身を起こした時生は、「あっ」と慌てて地面に落ちたクーラーボックスを確認する。中のウチワエビは無事だ。フタも開いていないし、一匹も落ちてはいない。

時生に衝突したのは誠司だった。すぐさま起き上がると、地面に落ちていたスマホを拾い、駆け出す。

その横顔を見て、時生はハッとする。

つい最近、似たようなシチュエーションがあったような……。

「あ、おい！　待て！」


エンディングテーマが流れるなか、カメラに向かって桔梗が微笑む。

「五年に渡り生放送でお伝えしてきました『日曜ＮＥＷＳ11』ですが、大変突然ですが今日をもって最終回となります」

桔梗の言葉を、スタジオの隅に立った査子が噛みしめる。

カメラを回す国枝、その横にいる前島、桔梗のそばに寄り添う黒種……それぞれ忸怩《じくじ》たる思いで桔梗の声を聞いている。

副調整室では折口がモニターの桔梗を苦しげに見つめている。

『年明けからはリニューアルして、この時間は地域に密着したお得な情報をお届けする情報バラエティとなりますので、引き続きご視聴をよろしくお願いいたします』

「……」

「今まで本当にありがとうございました」

桔梗の深いお辞儀とともに番組は終了した。スタジオはしんと静まり返る。

頭を下げたまま桔梗は動かない。

そこに花束を手にした折口がやってきた。

「倉内……」

桔梗は顔を上げ、自分を囲むスタッフ一同に微笑んだ。

「みんな、ありがとう……」

キャスター席から立ち上がり、そのままスタジオを去っていく。


「桔梗さん！」

駆け寄ってきた査子に桔梗は言った。

「ごめんね。手伝ってもらったのに」

「いいえ……」

査子はそれ以上何も言えない。報道フロアを出ていく桔梗の背中を黙って見送ること
しかできなかった。

※

ウチワエビの入ったクーラーボックスを手に厨房に入ってきた時生を見て、梅雨美が驚きの声をあげた。

「シェフ、どうしたんですか、それ!?」

「ああ、これな。ちょっとムシャクシャしてな。殴りに戻ったんだ。そしたら、これだよ」と時生はウチワエビを作業テーブルに置く。

「殴ったんですか!?」と細野は仰天する。

「二、三発な」

「強奪ですね」

菊蔵の言葉に山田が耳をふさいだ。

「今のは聞かなかったことにします」

「それとな」と時生は細野にポチ袋を差し出した。「これ」

「なんすか? これ」と受け取り、細野は中を確認する。入っていたのが一万円札だったから、「え?」と驚いたように時生を見た。

「昨夜からの時給は深夜割増ってことで、それ」

「え？　いいっすよ」

「そういうわけにはいかない。バイトテロ起こされたら困るからな」

「なんすか、それ」

微笑みながら梅雨美が言った。「いいから、もらっときなよ」

「遠慮なくもらうべきだと私も思います」と菊蔵が言い、山田もニコニコとうなずく。

「そうすか……？　じゃあ、すみません」と細野はポチ袋をポケットに入れる。「あ、でもホント勘違いしないでくださいね」

「何がだ？」

「べつにバイトだと思って昨夜からここにいるわけじゃないんで」

「え、じゃあなんなの？」と梅雨美が訊ねる。

「なにって……いや、なんていうか……ひとりでいてもつまらないし」

ここにいれば査子ちゃんに会えるもんね、と梅雨美は内心でほくそ笑む。

「なんか、楽しいじゃないですか。みなさんといると」

梅雨美、菊蔵、山田の三人が微笑むなか、時生は内心の喜びを押し隠して顔をしかめてみせる。

「こんな大変なときに。俺は全然楽しくない」

「ですよね……。すみません」

「よし。じゃあ、さっそくこいつを使って準備を始めるぞ」

「しかしシェフ……今夜は満席です。これだけの量では足りないかと」

懸念を示す菊蔵に時生は言った。

「いや、これだけあれば十分です」

「？」

「このウチワエビで作るのはソースだ」

「え？　メインディッシュじゃないの？」

「まさか、デミグラスソースの代わりをこれで？」

梅雨美と菊蔵に、「ああ」と時生はうなずいた。

なるほどとふたりは顔を見合わせる。

「試作を開始する」

「はい！」と皆が声をそろえた。

カウンターにスマホを置き、時生は厨房に戻る。菊蔵がソース作りの準備をしながら言った。

「シェフ、頭を下げてくださり、ありがとうございました」

「え？　俺があいつに頭を下げるわけ——」

「ありがとうございました」と菊蔵が繰り返す。

やっぱバレてるかと苦笑し、時生は言った。

「……昔交わした、ある人との約束を思い出しましてね」

「約束？」

「お互い自分が好きなことのために頑張ろうと」


エレベーターの扉が閉まり、報道フロアが視界から消えると、桔梗はぐったりと壁にもたれ涙が溢れてきた。

本番中はプロ意識でどうにかキャスターとしての自分を保ってきたが、終わった瞬間、一気に虚脱感に襲われた。

これでおしまいか……。


いっぽう、報道フロアでは査子が折口に食ってかかっていた。

「局長、社長に言ってくれたんじゃなかったんですか!?」

「言ったよ。言ったけど却下されたんだ」

「どうしてですか!?」

「どうしてって」

「おかしいですよ、こんなの!」と査子は声を荒げた。「こんなスクープを番組を観てくれる視聴者に——」

「俺だってやりたいさ!」

折口の叫びに査子はハッとなる。

「でも無理なんだよ。社長が駄目と言ってんだ。それに従うしかないだろ!?　そういうとこだろ、会社ってとこは」

吐き捨てるように言うと、折口は去っていく。

悔しさに涙がこぼれそうになり、査子は必死にこらえる。

「査子」

国枝がそんな査子の肩を優しく叩いた。

横浜テレビの局舎に貼られた『日曜NEWS11』のポスターを誠司がじっと眺めてい

る。映っているのは、やはり自分をアマギユウタと呼んだあの女だ。

そのとき、裏口のドアが開き、桔梗が出てきた。

ふたりの目が合い、同時に驚きの表情になる。

「天樹くん……」

誠司はゆっくりと口を開いた。

「教えてくれないか。俺について知ってること、すべて」

5

局舎の裏口前で誠司が桔梗と対峙している。

一体、この女は俺の何を知っているのだ……？

「天樹くん……」

誠司の背後、道路の向こうから巡回中の警官がやって来るのに桔梗は気がついた。誠司の腕を取り、「こっちよ」と裏口から中へと引き込む。

「!?」

クリスマスの生音楽特番の準備のため忙しなく人が行き交うスタジオの前を通り、その奥にある美術倉庫へと向かう。

「ここなら大丈夫だから」と倉庫の中に入った桔梗が誠司に言った。

広い空間に解体されたセットや大道具、小道具などが置かれている。雑然としているがたしかに人の気配はない。

「私は昨夜からあなたの事件を取材してるの」

誠司は桔梗へと視線を移す。

「天樹くん、あなたはいま本当になんの記憶もないの？」

「ああ……」

「事件のことも？」

「覚えていない」

「どうして殺したのかも？」

「いや、俺は殺してはいない」

「なぜ、そう言い切れるの？」

「俺は昨夜……誰かに頭部を殴られて倒れた」

そう……おぼろげながらそんな記憶がある。

後頭部に受けた衝撃、遠ざかっていくバイクのバックファイアーの音——。

「目覚めたときには遺体がすでにあった」

「!?」

「俺じゃない。信じてくれ。俺は殺していない」

「……」

デスクに戻り、黒種は深いため息をつく。

「桔梗さん……なんか寂しそうだったな……」

「僕らは当初の予定通りの放送をしただけじゃないですか」と自分に言い聞かせるように前島が返す。

そんなふたりの会話を聞きながら、国枝が不機嫌顔で自分の席につく。

査子は空いたままの桔梗の席を見つめ、じっと何かを考えている。


ざく切りしてから炒めたウチワエビを白ワインを満たした大鍋に入れ、火にかける。

時間とともになんとも言えない香りが厨房に漂い始める。

鍋の前に立つ時生の横に、菊蔵と細野が寄ってきた。

「いい香りがしてきましたね」

「なんかいい感じでお腹すきません？」

「なんだよ、いい感じって」

そこに梅雨美も顔を出した。

「ねぇ、シェフ。賄《まかな》いがてらそのソースで作るメインディッシュを決めちゃわない？」

「それ、いいっすね」とすぐに細野が乗っかる。「投票で決めましょうよ！」

「とても良いアイデアかと」と賛成し、菊蔵はフロアの山田に声をかけた。

「山田さんもぜひご参加ください」

「はい。わたくしでよければ」

時計を確認し、「そうだな」と時生もうなずく。「時間もない。やってみるか」

ムッとした顔でベッドに横になっている蜜谷を見ながら、カレンは杉山に訊き返した。

「軽傷？」

「ええ。車にぶつかる直前にとっさにジャンプして、受け身を取ったらしいです」

感心したようにカレンはふたたび蜜谷に目をやる。

「……」

病室を出たカレンと杉山がリノリウムの廊下を歩いている。

「目撃情報は？」

杉山に訊ねたとき、向こうからやけに雰囲気のある同世代の女性がやってくるのが見えた。気になり、思わずカレンは目で追ってしまう。

「現場にいた人間に状況を聞いていますが、ひとり現場で撮影をしていた記者がいたそうです」

「記者？　すぐに調べて」

「はい」

着信が入ったのか杉山がスマホを取り出しながら、カレンから離れた。

そのまま歩を進めるカレンの横を前から来た女が通りすぎていく。

「待って」

声をかけられ、柚杏は立ち止まった。


桔梗はメモ帳を取り出すと、『天樹勇太』と走り書きされたページを開いて見せる。

「天樹勇太……」

「それがもう一つのあなたの名前」

「……」

「あなたは十八年前まで横浜の本牧でお父さんと一緒に住んでいた?」

「本牧?」

記憶を探るが、どんな場所なのかまるで見当もつかない。

「お父さんの名前は天樹悟。神奈川県警の警察官」

「え?」と思わず声が漏れる。

「どちらへ行かれるつもりですか?」

カレンに訊かれ、柚杏が答える。

「その先の病室へ」

カレンは蜜谷の病室を振り返り、言った。

「関係者以外立ち入り禁止ですが?」

柚杏はカレンに名刺を差し出した。受け取り、カレンがつぶやく。

「フリージャーナリスト……」

「蜜谷のことを調べてるのよ」

「え?」

「蜜谷と逃亡犯、勝呂寺誠司との深い関係を、ね」

「!?」

挑発的な笑みを浮かべると、柚杏は踵を返して去っていく。


「今夜は我が横浜テレビ毎年恒例の音楽特番『クリスマスミュージックフェスティバル』の本番です」

隣接する音楽、バラエティ班のフロアで筒井がスタッフたちを激励している。局を挙げての番組なので報道部もいろいろ手伝わされることになるのだろうが、査子はまるで興味がない。自席で桔梗のひき逃げのリポート動画を何度も見返している。

「全社員総出で盛り上げていきましょう！」

『一体、ここ横浜で何が起きているのでしょうか？』

社長と桔梗の声が重なる。

ふと誰かの気配を感じて振り返ると、背後に黒種が立っていた。

「黒種さん……」

じっとパソコン画面を見つめていた黒種がハッと我に返った。

「あ、『ミュージックフェスティバル』の準備始めるって」

査子は隣のフロアに目を向けた。社長の演説は続いている。

「ただ、今回の数字次第で来年もこの番組を編成するかどうかを判断します。気を引き締め、結果を残すよう邁進していただきたい」

「はい！」と声をそろえると、社員たちは番組準備へと動き出す。

それを見て黒種が言った。

「行こう」

報道フロアを出ていこうとする黒種と前島に、査子が言った。

「ちょっと待ってください」

ふたりは足を止め、査子を振り返る。

「本当にこれでいいんですかね？　何も報道しないままで」

「……」


「二〇〇五年五月十四日。ナイフを手に暴れている犯人を威嚇するために放った銃弾が犯人の胸もとに当たって亡くなる事件があった」と桔梗が誠司に彼の父親の身に起こった不幸を語り始める。

「お父さんはいま、野毛山にあるお墓に眠っている。そう聞いた」

「……」

「きっとあなたは、その当時苦しんでいたお父さんの姿を見ていたはずよ」

誠司は必死に記憶の糸を手繰り寄せようとする。しかし、過去を覆う霧は深く濃く、小さな手がかりさえも見えてこない。

「私ね、ずっと違和感があったの」

「？」

「そんな過去を持つあなたが、お父さんを苦しめた拳銃で人を殺したりするのかなって」

「！……」

「しない」

黒種は査子にきっぱりと言った。

「もう『日曜NEWS11』は終わったんだ。会社がそう決めたんだよ」

前島がうなずき、あきらめたように言った。

「いまさら長尺で流す枠もないですしね」

納得できない査子がなおも食い下がろうとしたとき、音楽班の社員が「すみません！」と声をかけてきた。

「特大ハリセン取ってきてくれますか？　美術倉庫にあるんで」

「はいはい、了解しました」と黒種が返す。

「黒種さん、僕取ってきますよ」

フロアを出ていく黒種と前島を査子が見送っていると、国枝がボソッと言った。

「わかってねえな、みんな」

「？」

「一度燃え上がった炎はそう簡単には消えねえんだよ」

※

葵亭の厨房では時生がメインディッシュの試作に取りかかっている。すでに頭の中に完成形ができあがっているのだろう。時生は迷うことなく手を動かす。

その様子を一同が頼もしそうに見守っている。

ふいに梅雨美が口を開いた。

「ねぇ、シェフ。査子ちゃんっていま、彼氏とかいないの？」

藪から棒の質問に時生の手が一瞬止まる。

ちょっと、何言ってるんですか!?

細野ににらまれ、いいからいいからと梅雨美が目で返す。

「なんだよ、急に？」と料理に戻りながら時生が訊き返す。

「年頃だしさ、あんな可愛いし、いないわけないよなって思って」

「性格もとてもチャーミングですしね」と菊蔵も加わる。

細野がドキドキしながら待っていると、時生が言った。

「いないだろ」

よしっ！

心の中で細野がガッツポーズ。

「あ、でも家にいるときはいつもスマホ見てニヤついてるな」

「え？」と思わず細野の口から声が漏れる。

「それはあれだよ。可愛い系の動物の動画とか見てニヤついてるだけだって」

妙なフォローをする梅雨美に、「わかります」と菊蔵が大きくうなずく。

「私も最近、夜な夜なハムスターの動画を見て癒やされています」

「そっか」と時生は納得した。「それかもな」

細野が安堵の笑みを浮かべる。

「あ、でも」と時生が思い出したように続けた。「そういえば今日のディナーの予約入ってたな。紹介したい人がいるって」

「！」

「そ、それはあれじゃない？　ね、山田」

いきなりのパスに山田は目が点になる。

「え？」

「それが彼氏ってこともあるのか？」

「あるかな？　ないと思うけどなぁ。ね、山田」

点になった目が泳ぎ始める。

「え……？」

それ以上聞いていられなくて、細野が割って入った。

「そういう梅雨美さんこそ、誰かいないんすか？　いい人」

時生は思わず梅雨美に目をやる。

「はぁ？」と梅雨美がムッとした顔を細野に向ける。「なんで私に振るわけ？」

「いやだって、ひとが聞きたくもないこと勝手に」

「ん？」と時生が細野に視線を移す。

「あ、いや……」

細野はカウンターに置きっぱなしにしてあった査子へのプレゼントを無意識のうちに見てしまう。気づいた山田がとっさに時生から隠そうとするが、かえってその動きが仇になった。

山田よりも早く時生がプレゼントを手に取った。

「これがどうかしたか？」

「！」

「というか、これはなんだ?」

「シェフ、そこはもうプライベートな――」

梅雨美をさえぎり、時生が細野に詰め寄る。

「なんだと聞いてる」

「……プレゼントです」

「誰にだ?」

「……査子ちゃんに……」

時生の目の色が変わった。

「お前、まさかうちの査子のことを……」


「査子、ちょっといいか」

折口に呼ばれ、「はい?」と査子が振り向く。

いつにないにこやかな表情に、嫌な予感しかない。

とはいえ、上司は上司だ。

査子は席を立ち、折口のあとに続いた。

桔梗から渡されたメモ帳の、『天樹勇太』の文字の横に誠司が『勝呂寺誠司』と書く。

「勝呂寺誠司――これがもう一つの俺の名前だ」

「勝呂寺誠司は何者なの?」と桔梗が訊ねる。

「ある組織に所属している。そのことは間違いない」

「組織って?」

「詳しくは話せない。知ればあんたの身も危ない」

「私なら大丈夫よ」

「昨晩死んだのはその組織の男だ」

「!」

「奴らを甘くみないほうがいい」

恐怖よりもジャーナリストの本能が勝った。

真実を知りたい。そして、それを自分の手で世に知らしめたい。

「ねぇ、カメラの前で独占インタビューに答えてくれない?」

「え?」

「もし自分が犯人じゃないと思うなら、テレビを通してそう訴えたらいい。自分が誰なのかも」

「！」

そのとき、倉庫の入り口のほうから前島の声が聞こえてきた。

「お疲れさまです」


完成した皿を作業テーブルに置き、時生はおもむろに口を開いた。

「洋食の定番の一つにコロッケがある」

時生が作った一品目はコロッケをベースにした創作料理だった。

始まってしまったぞと梅雨美たちは顔を見合わせる。

「コロッケは大正時代、とんかつ、カレーライスとともに三大洋食と呼ばれた。そもそもコロッケの由来は、文明開化によりフランスとイギリスの食文化に影響を受けたことから始まっており、フランス語のクロケットが変化してコロッケと呼ばれるようになったと言われている」

「クロケット？」

細野の疑問に菊蔵が答える。

「フランス料理の一つです。クリームコロッケが基本で、中にはベシャメルソース
——」

「大正時代に」

お株を奪われてなるものかと時生がかぶせた。

「西洋料理店で出されていたコロッケは主にクリームコロッケだった」

「強引に割り込んできましたね」

ささやく細野に山田がうなずく。

「ウホン」と咳払いし、ふたたび話し出そうとする菊蔵を梅雨美がにらみつける。

「黙っててくださいよ。余計長くなるから」

スタッフたちのひそひそ話を気にも留めず、時生は話を続ける。

「それと同時にじゃがいもを使ったイギリスの料理も広く伝わったことから、日本オリジナルのじゃがいもコロッケが誕生したそうだ。そしてコロッケは現在、家庭で調理されることはもちろん、精肉店のお惣菜には必ず並び、おかずとしても広く愛用されている」

「……」

「しかしだ」と時生は語気を強めた。「俺はコロッケの神髄は冷めても美味しい、そのことにあると思っている」

「たしかに」と細野がうなずく。「冷めたコロッケのほうが俺は好きです」

「それあるね」

梅雨美も同意したが、菊蔵は違った。

「私は熱々のほうが……」

「アツアツの恋の時期など最初だけだ」

話の急展開に、「え？」と梅雨美が驚く。

「これ恋の話なの？」

「みたいですね……」と山田。

時生の言葉が菊蔵の胸にグサリと刺さる。細野の顔つきも変わった。

「やがて誰もが落ち着き、冷める時期もきっと来るだろう」

「……」

「冷めても美味しい。俺は査子にはそう思える相手を――」

突然、菊蔵が胸を押さえてかがみ込んだ。それを見て、山田が叫ぶ。

「すみません！　菊蔵さんの様子が変です！」

「？」

報道フロアで黒種が音楽特番の準備をしていると、どこかで見かけた男女が入ってきた。あのときの刑事、カレンと杉山だ。カレンは黒種の姿を確認すると、近寄ってきて言った。

「すみません、ちょっとお話よろしいですか？」

「ミズキさん」と牧瀬が声をかけてきた。

「誠司さんで本当に大丈夫なんですか？」

「……」

「このままじゃ今夜のロス・クエルボとの取引が……」

「大丈夫だ。誠司さんはほかに行く場所なんてない」

そのとき、ガンと激しい音とともにバーの扉が開かれた。

杖で身体を支えながら入ってきた男の顔を見て、ミズキは驚きを隠せなかった。


「えっ？」

社長に向かって、査子はついそんな声を発してしまった。

折口に連れていかれた社長室で、筒井から思わぬ提案をされたのだ。

「どうした？　うれしくないのか？」と隣に立つ折口が査子に訊ねる。「入社試験のときに言ってたろ。明るい番組のMCやってみたいって」

「あ、はい……」

筒井はデスクに置かれた企画書を査子のほうへと滑らせ、言った。

「今後我が社は『日曜NEWS11』に象徴されていたお堅い番組は排除して、情報バラエティ路線に特化していきます」

査子は企画書へと視線を落とす。

私がこの番組のMCを……？

※

「おう、やってくれたな」

蜜谷は杖をつきながら、啞然とするミズキの前へと近づいていく。

「なに驚いてる？　体よく俺を消したつもりか？　そんなに俺が邪魔か？」

「警視庁組対の管理官様がうちになんのご用ですか？」

「んなことは、てめぇの胸に聞きゃあわかんだろ」

「全然わかりませんね」

「営業前ですのでお帰りください」

店から連れ出そうとする牧瀬を、蜜谷は杖を振って追い払う。

「俺をやったのは誰だ？　勝呂寺誠司か？」

真意を探るようにミズキが蜜谷を見つめる。

「お前んとこの榊原を殺ったのも勝呂寺だろ？」

「……」

「奴はどこだ？　どこに匿《かくま》ってる？」


前島が何やら備品を段ボール箱に詰め込んでいるのを、バラされたセットの陰に隠れた桔梗と誠司がうかがっている。

「ったく、冗談じゃないよな。夜勤明けなのに生歌番組まで手伝わせるとか、ブラックすぎだろ」

ぶつくさ文句を言いながら、前島がこっちに向かって歩いてくる。ふたりは慌てて身をかがめた。すぐ近くで、前島が目当ての備品を探している。

突然前島のスマホが鳴り、ふたりはビクッとなる。

「はい？　え？　桔梗さんですか？　いいえ、見てないですね」

どうやらかけてきたのは黒種のようだ。

「こっち」

桔梗がしゃがんだ姿勢のまま前島の反対方向へと歩き出す。すぐに誠司もあとを追う。

桔梗が後方のドアを開けると、そこは広々としたスタジオだった。

正面奥に大がかりなステージが組んであり、その周りでスタッフたちが忙しなく動き回っている。

ミズキは蜜谷に一枚の写真を差し出した。榊原と蜜谷が会っている様子を盗み撮りしたものだ。

「うちの者がずいぶんと可愛がってもらっていたみたいで」

蜜谷は鋭い目つきで写真を見つめる。

「小遣いほしさで適当なことを吹き込まれたんじゃないですか？　今夜の取引の話とか」

蜜谷がかすかに表情を変えた。

「うちは真っ当な仕事でカネを稼いでいます」

「だといいがな」

「蜜谷さん。榊原を殺ったのはあなたなんじゃないですか？」

挑発するようにミズキが蜜谷に訊ねる。

「警察に榊原とのつながりを勘づかれ、邪魔になって消した。違いますか?」

「……」


スタジオは広いが暗がりも多い。照明が当たっているのはステージ周りだけで、それ以外の場所は薄暗い。近くにいるスタッフたちも仕事に忙しく、暗がりの中にいる誠司と桔梗のふたりのことなど気にも留めていない。

なるほど、密談にはもってこいの場所だ。

誠司はおもむろに口を開いた。

「警視庁に蜜谷って刑事がいる。そいつが俺を知っている」

「!?」

「昨夜の事件のこともだ」

「それ、本当?」

「あの殺人現場に蜜谷もいたんだ」

そして、俺に逃げろと電話してきた。

「蜜谷があの事件の犯人かもしれない」

「！」


「勝呂寺に言え」

ミズキの視線を受け止め、蜜谷は言った。

「必ずお前を捕まえると」

「ええ。伝えておきますよ。我々が先に見つけたなら」

蜜谷は不敵な一瞥をくれ、バーを出ていった。


「山下埠頭付近で車にはねられた」

「山下埠頭で!?」

桔梗の脳裏にその瞬間の光景がフラッシュする。

「あの刑事が……蜜谷？」

「知ってるのか？」

「事件現場で見た」

「俺もそこにいたんだ」

「え」

「蜜谷と会う予定だった。そしたら蜜谷が」

「何者かに襲われた……？」

誠司はうなずき、言った。「すべての鍵を握っているのは、あの男だ」

「!?」

「蜜谷の状況を調べてくれ。それがインタビューを受ける条件だ」

そのとき、スタジオにやけに大きな声が響いてきた。

「リハ前なんだから手短に頼むよ」

スマホを耳に当て、こっちに歩いてくるのは折口だ。

折口は黒種からの電話を受けていた。報道部に県警の刑事がふたり訪ねてきたというのだ。

「えっ！」と折口の声がさらに大きくなる。「捜査一課の刑事が倉内を？」

いきなり飛び出した自分の名前に桔梗は慌てた。周囲を見回すと、台車の上に横浜テレビのマスコット『よこテレちゃん』の着ぐるみが置かれている。

「……」

時生が別の一品を仕上げている間に落ち着きを取り戻した菊蔵が、妻が出ていってしまったのだと苦しげに告白した。

完成した料理をテーブルに置き、時生が言った。

「別居ですか……」

「すみません。取り乱してしまいまして……」と菊蔵が頭を下げる。

「だから夜な夜なハムスターの動画を？」

細野に訊かれ、菊蔵は力なくうなずいた。

「孤独に耐え切れずに……」

「こんなこと訊いていいのかわからないけど……原因は？」

唇を結んだままの菊蔵に、梅雨美は容赦なく訊ねる。

「浮気？」

菊蔵は黙って首を横に振る。

「モラハラ？」と細野。

菊蔵は首を横に振る。

「性格の不一致？」と山田。

またも菊蔵が首を横に振るから梅雨美は思わず舌打ちした。

「じゃ何？」

菊蔵は途方に暮れたようにつぶやく。

「はっきりとはわからないんです……何が原因なのか」

「知らぬ間に不満を溜め込み出ていった……あるあるパターンだな」

わかったような口をきく時生に「うんうん」と梅雨美もうなずく。

「ただ、一つだけもしかしてこれかな？……と思い当たることが」

「なんですか？」と時生が訊ねる。

「大変言いづらいのですが……夜のほうがちょっと」

「わかります。この仕事、帰りが遅いですからね」

うなずく細野に、困ったように菊蔵が首を振る。

「違います」

「？」

「その〝夜〟ではなくて」

「どの夜？」と梅雨美。

「なんと言いますか、活動的な〝夜〟のほうです」

「活動的？」と山田が首をかしげる。

時生たちも一瞬考え、同時にハッと気がついた。

「あっ、そっちの夜」

「はい……そちらの夜です」

「まあ……あれだね」と梅雨美が時生と顔を見合わせる。「それもあるあるパターンじゃない？」

「あるな」

「もしそっちの夜が原因なら、なんかこう愛情表現とか？　そういうのを示したらすぐ戻ってきてくれそうじゃないすか？」

細野の意見に梅雨美もうなずく。「そっちの夜が原因ならね」

「菊蔵さん。いま、電話してみたらどうですか？」と時生がうながす。

「そうよ！　電話してみようよ。待ってるよ、絶対」

梅雨美の言葉に菊蔵の心がグラグラ揺れる。

テーブルの上のスマホをじっと見つめる菊蔵を見て、時生は梅雨美と細野に言った。

「俺たちは仕事に戻るぞ。みんなに見られてたんじゃ、かけづらいだろ」

「そうね。戻ろう」

時生たちが厨房へと戻ると、菊蔵は意を決してスマホを手に取る。

その様子を、厨房から時生たちがガン見している。

「とりあえずそっちは粗相のないように頼むよ、黒種くん」

折口が電話を切って顔を上げると、当の桔梗が目の前に立っていた。

「あ、倉内！」

桔梗の隣には、なぜかよこテレちゃんがいる。

「お疲れさま。局長、どうしたんですか？」

折口は黒種から伝えられたままを桔梗に言った。

「刑事？」

「ああ、お前を訪ねてきたらしい」

着ぐるみの中で、どういうことだ？……と誠司は考えをめぐらせる。

「てか、ここで何してたんだ？」

「え、いやちょっと……よこテレちゃんのアテンド頼まれちゃって」

「お前にアテンドを？」と折口があらためて桔梗の隣のよこテレちゃんに目をやる。「そりゃあ、ちょっとひどいな……」

「先に報道フロアに戻ってて。すぐ行くから」

「いや、駄目だ。アテンドはほかの人に頼むから一緒に来てくれ」

そう言うや、折口は通りがかったスタッフに声をかける。

「ちょっといいかな」

「あ、待って」と慌てて桔梗が折口を止めた。「わかりました。いま一緒に行きます」

「そうか」

スタジオを出ていく折口のあとに続きながら、桔梗が誠司にささやく。

「ごめん。ついてきて」

「……」

※

通用口の脇で国枝がタバコを吸っていると、「あの、すみません」と声をかけられた。

振り向くと、犬を捜していた男が立っていた。

「あっ、あなた」

「あ、どうも……」

小さく会釈し、真礼は言った。「ちょっとお願いがありまして」

「お願い？」

桔梗と折口が廊下を歩いている。少し遅れてよこテレちゃんが短い足でひょこひょこついてくる。

「山下埠頭で起きたひき逃げ事件の件で来たそうだ」

「そうですか」

「なぁ、倉内……」と折口がおそるおそる桔梗に訊ねる。「また何か面倒なこと……起こしたりしてないよな?」

「まさか……」

「だよな。ないよな。ないない」と折口は必死に自分に言い聞かせる。

編集ブースに並んだモニターの一つに、蜜谷のひき逃げ現場の映像が映し出されている。カレンがパソコンに近づき、キーボードをいじり始めた。

「主任、勝手に見ちゃまずいんじゃ……」と杉山が止めるも、カレンは無視して操作を続ける。ある場面で、「?」とカレンは再生を止めた。

「どうしたんですか?」

カレンが映像をズームしていくと片隅にわずかに見切れていた男の顔が明らかになる。

勝呂寺誠司だ……！

そのとき、背後で誰かがつぶやいた。

「天樹勇太……」

反射的にカレンは振り返る。査子はハッと口を閉じた。

そこに折口がやってきた。

「ちょちょちょ、何やってるんですか!?　ここは関係者以外立ち入り禁止ですから」

そう言って、カレンと杉山を編集ブースから押し出していく。

「あ、桔梗さん……」

査子が報道フロアに桔梗を見つけ、駆け寄っていく。割って入るようにカレンが桔梗の前に立った。

スマホに向かって何やら話している菊蔵に、厨房の皆が耳を澄ませている。しかし、客へのそれとは違う菊蔵のボソボソ声はよく聞こえない。厨房から覗き込むように身を乗り出したとき、ため息とともに菊蔵は電話を終えた。スマホを下ろし、振り返った菊蔵と目が合い、時生たちは慌てて止まっていた手を動かす。

「おい、何やってんだ。盛り付けの皿、早く！」

「あ、すみません。はい」と細野が食器棚へと向かう。

作業テーブルに置かれた皿に時生ができあがったばかりの料理を盛り付けていく。

「うわぁ、美味しそう」

梅雨美が歓声をあげ、「エビの香りが食欲を誘いますね」と山田も頰をゆるめる。

そこに菊蔵が戻ってきた。

「あの……」

「あ、どうでした?」と時生が軽い口調で訊ね、梅雨美と細野も続く。

「もうかけたんですね?」

「どうでした?」

「……出ませんでした」

「え、でも何かしゃべってませんでした?」と梅雨美がポロっと盗み聞きしていたことを白状するも菊蔵は気づかない。

「出なかったので留守番電話にメッセージを……」

「なんて言ったんですか?」と時生が訊ねる。

「寂しい思いをさせていたなら悪かった。謝ると……」

「そうですか……」

「すみません。私事で時間をとらせてしまいまして」

謝る菊蔵に小さく首を振り、梅雨美はボソッとつぶやいた。

「……誰かを待つってつらいよね」

気づかうように時生が梅雨美をそっと見つめる。


カレンは桔梗に警察手帳をかざし、言った。

「あなたが撮影した映像を偶然見させていただきました」

「え？」と桔梗は折口を見る。

すかさず黒種が謝った。

「すみません……僕がちょっと離れた隙に……」

「ったく、何やってんだよ」と折口は隣にいたよこテレちゃんを叩く。

誠司がビクッとし、よこテレちゃんのボディが大きく揺れる。

「あ、ごめん」

「黒種くんは悪くない」

そう言って、桔梗はカレンに鋭い視線を向ける。臆することなくカレンは続けた。

「その映像に逃亡中の犯人が映り込んでいました」

「！」

よこテレちゃんがふたたびビクッとし、「えっ」と折口も声をあげる。

「倉内さんはなぜあの場所に？」

「たまたま取材の途中、通りかかっただけですが」

「それはなんの取材ですか？」

「その質問にお答えする義務はありません」

「あなた方は何かつかんでいるのでは？」

かまをかけるカレンを無視し、桔梗は言った。

「私からも質問があります」

「私に答える義務が？」

カレンにグッと顔を寄せ、桔梗は言った。

「許可なく局内に入り、映像を勝手に見るのはどうでしょうか？　違法捜査をしたとして、あなたを報道することもできますけど？」

「！」

近づけた顔を離し、桔梗が訊ねる。

「被害者の方は無事だったんですか？」

「……打撲と軽い脳震盪《のうしんとう》を起こしたようですが、命に別状はありません」

着ぐるみの中で誠司は安堵の息をつく。

いま、蜜谷に死なれるわけにはいかないのだ。

「よかったですね」と桔梗が微笑む。「同僚の刑事さんが無事で」

「……どうして刑事だと？」

「取材で得た情報源をお伝えすることはできませんので」

「……」

「お話は以上です。どうぞお帰りください」


完成した料理を梅雨美と菊蔵が厨房からフロアに運んでいる。

「これ、私の友達の話ね。ある日突然、付き合ってた彼氏から二年待っててくれって言われたんだって」

「二年もですか？」

「そう。二年も」

「海外出張とかですか？」

「知らない。ただ何も聞かずに二年待ってくれって」

フロアに立つ山田が横から口をはさんできた。

「待ったんですか？」

「待ったよ。待てって言うから」

感心したように菊蔵が返す。

「健気《けなげ》な人ですね……」

その会話を厨房で時生が聞いている。


局舎を出るやいなや、「ずいぶん、態度の悪い記者でしたね」と杉山が毒づく。「でも、どうして蜜谷管理官のことを？」

カレンはふっと笑みを浮かべた。

「ねぇ、あの映像見たとき、若い子が知らない名前を口にしたよね？」

「え？」

「アマギユウタって……」

そのとき、カレンのスマホが鳴った。

「でね、二年が過ぎ、三年が過ぎ、四年、五年って……」

今度は細野が大きく反応した。

「五年も待ってるんですか!?」

「待ってるっていうか、ただ時間だけが過ぎてるっていうか」

主観的な梅雨美の物言いに「ん?」と菊蔵が首をかしげる。

「友達の話ですよね?」

ギクッとするも梅雨美は慌てて「そうだよ」とうなずく。「あたしがそんな待つ女に見える? ね、山田」

「はい……」

「でしょ。いやだからね、私が言いたかったのは、菊蔵さんはただ待つんじゃなくて、もっとこう情熱持ってさ、奥さんが戻ってきてくれるまで何度も連絡したほうがいいよってこと」

「あまりしつこくてもより嫌われてしまうのかと……」

「そうかもだけど……でも連絡できるだけ幸せじゃん。その友達は連絡先だってもう知らないんだよ?」

「……」

その友達が梅雨美自身のことだと知っている時生は、切なげに顔をゆがめる。

「梅雨美……」

重くなった空気に気づき、梅雨美はテーブルに並んだ皿を見ながら「美味しそ〜」と明るい声を出す。

「早く食べよ！」

「ですね」とうなずき、「食べましょう」と細野が席につく。

「いただきましょう。山田さんもどうぞ」

「すみません」

菊蔵と山田が席につくのを見届け、「あ、私なんか飲み物出すよ。ノンアルだけどね」と梅雨美がバーカウンターへと向かう。

明るく振る舞う梅雨美を厨房から時生が見つめている。

※

廊下の奥まったスペースまで誠司を連れ、桔梗はよこテレちゃんの頭を取った。汗で髪を額に貼りつかせた誠司の顔が現れた。

「ごめん。大丈夫だった？」

「ああ……」

「蜜谷にはいますぐ連絡を取ってみる。あなたはそれまで局内のもっと安全な場所に――」

「え？」

「いや」と誠司がさえぎった。「俺はここを出る」

「あんただっていつ警察に通報するかわからないだろ」

そのとき、「あ！」と大きな声がして、廊下の向こうから特番スタッフが駆けてきた。

「よこテレちゃん、ここにいたんだ！」

「おい、もうこんなもん――」

問答無用で桔梗が誠司に頭をかぶせる。

「よこテレちゃんに何か用ですか？」


「えっ、消えた!?」

スマホで話しているカレンの声に、杉山が怪訝そうな顔を向ける。

「……はい……わかりました」

カレンが電話を切ったのを見て、杉山はすぐに訊ねる。

「どうしたんですか?」

「蜜谷が病室からいなくなったそうよ」

音楽特番のステージの上、バタバタと行き交うスタッフをのぞき穴のような狭い視界にとらえながら、誠司は隣に立つ桔梗に懇願した。

「俺をここから逃がしてくれ」

ワケもわからずスタジオまで連れてこられたが、もう限界だ。これ以上時間を無駄にできないし、何より暑くて息苦しい。

「……わかった」

「三十分後に電話をする。それまでに蜜谷と連絡を取ってくれ」

「取材場所は?」

「俺が指定する」

そこにスタッフのひとりがやってきた。

「すみません! よこテレちゃん、ちょっとお手洗いに行きたいそうです」

「はい、じゃりハいきます」

桔梗はスタッフにそう断り、「こっち来て」と着ぐるみ姿の誠司をスタジオからどうにか連れ出す。

バーカウンターで梅雨美がぼんやりと酒瓶を眺めている。そこに時生がやってきた。

「大丈夫か?」

「え?　何が……?」

慌てて飲み物の用意を始める梅雨美に時生は言った。

「やっぱりまだ待ってるんだな」

「!?」

「彼のことを、この店で……」

しばしの沈黙のあと、梅雨美は自嘲するように笑った。

「変だよね。五年も前の話なのに……」

「……いや、変ってことはない」と時生が返す。

「……」

「何年過ぎようとも忘れられない人だっている」

やけに実感のこもった言葉だった。

よこテレちゃんを連れた桔梗が美術倉庫へと向かっている。先を急ぐ桔梗はつい早足になってしまうが、いまだ着ぐるみでの移動に慣れない誠司はうまく歩けず、焦る。と、廊下の先から何やら揉めているような声が聞こえてきた。

「だから、ホント勘弁してくれって」

「どうしてですか!?」

押し問答を繰り返しているのは国枝と真礼だ。

やってくる桔梗に気づいた国枝が、「おう」と声をかける。

「どうしたんですか?」と駆け寄った桔梗は真礼を見て、「あ、犬を捜してた……」と気がついた。

「はい」とうなずき、真礼は言った。「お願いがあり、来ました」

お願い?

「生歌番組で、フランを見た人はいないかって放送してほしいんです!」

あまりにも図々しい願いに桔梗は絶句した。

「少しでいいんです! お願いします!」

「申し訳ありません。一個人のことで放送内容を変更するのはむずかしいです」と桔梗はやんわりと断る。

「ね」と国枝が真礼に顔を向ける。「同じこと言ったでしょ」

しかし、真礼はあきらめない。

「生放送なんだからいまからいくらでも変更きくでしょ！」

その言葉がなぜか桔梗の心に響く。

「君だってそう思うだろ？」と真礼はよこテレちゃんを振り返った。勢いに押され、誠司はコクンとうなずいてしまう。

「よこテレちゃんは黙ってて」

少しキレている国枝に、「ごめん、クニさん」と謝り、「よこテレちゃんのリハがあるから」と桔梗は誠司の手を引き、去っていく。

「あ、おい」

「お願いします！　放送してください！」

真礼にすがりつかれ、国枝は途方に暮れてしまう。

「無理に忘れようとする必要もないだろ」

梅雨美を諭《さと》すように時生は続ける。

「逆もまたつらいもんだぞ」

「え？」

「連絡取ろうと思えば取れるのに、それができないってのも」

「連絡を待ってる」

そう言って、桔梗は誠司に名刺を渡した。

美術倉庫に着ぐるみを戻し、いまふたりは地下駐車場にいる。

「ああ。そっちは頼む」

誠司は名刺をしまうと、出口のほうへと駆けていく。

「……」


「シェフにも誰かいるの……？」

梅雨美に訊かれ、「は？」と時生はとぼける。

「いるわけないだろ。友達の話だよ」

「……友達の、ね」

「早くしろよ。みんな待ってるぞ」と時生はフロアへと戻る。

「うん」

桔梗が報道フロアに戻ると、神妙な顔をした折口たちスタッフの前に筒井がいた。桔梗に気づき、さらに表情を険しくする。

「あなたたちはなぜいつまでも事件を追っているんですか？」

スタッフ皆が叱責されるのを見かね、桔梗が前に出た。

「事件を追っているのは私ひとりです。ここのみんなは関係ありません」

「倉内さん」

「はい」

「どうして私の意にそむく行動しかしないんですか？」

理解しがたいという表情で見つめてくる筒井に、桔梗は毅然と言った。

「私は一報道マンとして正しい行動をしていると思っているからです」

ふたりのやり取りを黒種ら一同が固唾《かたず》を呑んで見守っている。

「これ以上私の意にそむくようであれば、あなたをこのまま報道に置いておくことも難しくなります」

「ええ。それでもかまいません」

まるで引く気のない桔梗に、クールを装っていた筒井の仮面もはがれ始める。苛立たしげに桔梗をにらみつけたとき、「あの……」と査子が口を開いた。

「？」と桔梗が査子を見る。

「違います」

怪訝そうに筒井が査子に視線を移す。

「桔梗さんひとりでやっていることじゃありません」

「!?」

「私も一緒に事件を追っています」

「！……」

「この事件は報道すべきだと、私も一報道マンとして思っています」

思ってもみなかった後輩の言葉に、桔梗の胸がじんわりと熱くなる。

筒井は一同を見回し、言った。

「それがここのみなさんの総意ですか？」

黙ったままの黒種の横で、前島がいえいえと手を振る。

「折口くん」

「はい……！」

「来てください」

そう言って、筒井は報道フロアを去っていく。

「終わりだ……終わったよ……」

ブツブツつぶやきながら折口があとに続く。

ふたりの姿が消えると、桔梗は査子へと顔を向けた。

「あなた、いいの？　あの社長の前で」

「言ったじゃないですか。スクープ独り占めにはさせないって」

桔梗の顔から笑みがこぼれる。

「来て」

査子を連れて桔梗がフロアを出ていく。ふたりの背中を見送りながら黒種がつぶやく。

「……本当にいいのかな？　俺らはこのままで」

「しょうがないですよ」と前島が返す。「桔梗さんの側についたって、どうせこのまま潰されて終わりじゃないですか」

「……」

※

テーブルを囲んで、山田を含めたスタッフ一同が時生が試作した料理を食べている。

「うまっ！　このローストチキンうまくないすか？」

絶賛する細野に菊蔵も大きくうなずく。

「とても美味しいです！　私はこのローストチキンに一票です」

「私もこのローストチキンに一票です」と山田が微笑み、「私も」と梅雨美も賛成する。

菊蔵が時生に笑顔を向けた。

「シェフ、これなら今夜のメインディッシュいけそうですね」

あらためて料理の味を確かめ、時生が言った。

「……たしかにうまいな」

「はい、決まり！」

うれしそうに梅雨美が手を叩く。しかし、時生は続けた。

「だが駄目だ。これは葵亭のメインディッシュにはふさわしくない」

「!?」

「あのデミを使ったビーフシチューにはかなわない」

「え、じゃあどうすんの？」

「シェフ、お言葉ですが時間もだんだん迫ってきております」

「そうですよ。仕込みの時間も考えたら、ホントもうタイムリミットですって」

矢継ぎ早に言われ、時生は声を荒げた。

「そんなことはわかってる！」

「!?」

「だからって妥協したものを出すわけにはいかない。ここで妥協したら、俺がここまでやってきたことがすべて無駄になる」

悲壮なまでの時生の決意に、梅雨美たちは何も言えなくなる。


誰もいない副調整室で桔梗と査子が話している。

「逃亡犯が!?」

「ここに来たの。私に会いに」

「えっ!?　何を話したんですか？」

「彼は自分が無実だと言っていた」

「！」

「確信はない。けど、私もそう感じた」

桔梗の話に査子は胸の高鳴りが止まらなくなる。

事態は自分の想像をはるかに超えて、進みつつある。

これって、本当にスクープじゃん！

「彼に独占インタビューをする」

「そんなことできるんですか!?」

「彼に言ったの。カメラの前で無実だと訴えればいいって。彼はそれを受けてくれた」

「すごい……大スクープだ」


一体自分は何をしているのだろう……？

廊下でカメラのセッティングをしながら、ふと我に返り、国枝は首をかしげる。いい感じに日の光が当たる場所に立った真礼が、ブツブツとセリフの練習をしている。

「白い犬を見なかったでしょうか……真っ白くてとても人懐っこい犬です。名前はフランと言います」

「一応撮っとくだけですからね」

そう釘を刺し、国枝はカメラの後ろに立った。

「はい、どうぞ」

「白い犬を見なかったでしょうか——」

「天樹くんがいつ捕まるかわからない。そうなったら、ここまでやってきたことがすべて無駄になる。すぐに準備しよう」

「はい！」

査子が桔梗に答えたとき、背後で大きな物音がした。ふたりが振り返ると、まずい現場に居合わせてしまったと戸惑う黒種と目が合った。

「ごめん。いまのは聞かなかったことにしといてくれない……？」

手を合わせる桔梗に黒種はきっぱりと言った。

「いえ。聞いてしまった以上、そういうわけにはいきません」

「……」


みんなに向かって時生は言った。

「もう少しだけ時間をくれないか。ディナーには必ず間に合わせる」

「……わかった」

梅雨美に続いて、「わかりました」と細野が言い、なぜか山田もうなずく。

皆が一つになるなか、菊蔵が言った。

「しかしシェフ、ほかのメニューの仕込みはもう始めなければなりません」

「わかってます。いまからやります」

「本当にシェフひとりで大丈夫？」

梅雨美の懸念はもっともなことだった。いまから新たな料理に取り組みつつ、ほかのメニューの仕込みをしていく。それを時生ひとりでこなすのはとてつもなく困難だろう。

「でしたら」と菊蔵が進言する。「前の職場に連絡して、誰か手の空いている人がいないか聞いてみます」

「申し訳ない。お願いできますか？」

「お任せください」


黒種はギュッと拳を握りしめると、意を決して口を開いた。

「僕も手伝います！」

予想とは真逆の言葉に桔梗と査子は「!?」となる。

「僕だって報道マンの端くれだ！　こんなスクープを前に黙っちゃいられませんよ！」

意外な熱い思いをぶつけられ、査子は感動してしまう。

「黒種さん……」

「ありがとう」

微笑む桔梗に黒種は笑みを返した。

誠司はひとり、墓地に向かっていた。桔梗から聞いた天樹悟が眠る野毛山の墓地だ。

ここか……。誠司は「天樹家」と書かれた墓の前で立ち止まった。墓前には、なぜか真新しい花が手向けられていた。

「……一体、誰が？」

社長室に戻るや、筒井は厳しい顔で折口に告げた。

「彼女は危険分子です」

「あ、いや」

敵か味方か見定めるような鋭い視線を浴び、すぐに折口は陥落する。

「あ、はい……」

「報道から外してください」

「！」

「いますぐに」

誠司から聞いた情報を査子と黒種に伝え、桔梗は言った。

「入院中の蜜谷と連絡が取りたい」

「私、入院先をすぐ調べます！」と査子。

「あ、その件ですが」と黒種が口をはさむ。「実はさっき警視庁にいる知り合いの刑事に連絡を取ってみたんです。そしたら」

「どうしたの？」

「病室から蜜谷が消えたって」

「！」

物陰に隠れるようにして、前島が三人の会話に耳を澄ませている。


時生、梅雨美、細野の三人が厨房で慌ただしく仕込みをしていると、「シェフ」と菊蔵が入ってきた。

「すぐにひとり応援に来てくれるそうです」

「そうですか。ありがとうございます」と時生は手を動かしながら礼を言う。

「やったね。三ツ星フレンチ店からの助っ人なんて頼もしいじゃん」

「若松さんなんかより全然使えますよね」

梅雨美と細野のテンションも上がる。ようやく明るい兆しが見えてきた。

「何かあったらシェフの携帯に連絡するよう伝えておきましたので」

「わかりました」

時生はカウンターに置いてあったスマホを手に取る。画面を見ると真っ黒だ。電源がオフになっているのだ。

「誰かいじったか？」

首をひねりながら時生はスマホの電源を入れた。

通知音にうながされ、ミズキはスマホ画面へと目をやる。ずっとなしのつぶてだった誠司のＧＰＳが反応し、その所在地を明らかにしている。

「！」

桔梗のスマホが鳴った。画面には『公衆電話』と表示されている。

桔梗が電話を取ると、誠司の声が聞こえてきた。

桔梗は、手短に自分が得た最新情報を誠司に伝える。

「入院先から消えたって情報が入った」

「！」

「いま、行き先はこっちのほうで調べてる」

「だったら取材の場に蜜谷も連れてきてくれ。それが条件だ」

「わかった。場所は？」

「一時間後に野毛山墓地だ。あんたに見せたいものがある」

「!?」


一気に捲《まく》し立てた誠司は、受話器を置いて一息つこうとしたが、次の瞬間尋常ならざる気配が自分を包んでいることに気がついた。見渡すと、薄暗がりの向こうに数人の男が立っている。

——やばい！　身を翻して逃げようと思ったが、遅かった。誠司は顔に何かを被せられ、視界は闇に支配されてしまった。

（下巻に続く）

CAST

勝呂寺誠司
…二宮和也

倉内桔梗
…中谷美紀

立葵時生
…大沢たかお

【逃亡編】
笛花ミズキ……………………中川大志
狩宮カレン……………………松本若菜
八幡柚杏………………………中村アン
【地方テレビ局編】
立葵査子………………………福本莉子
折口康司………………………小手伸也
前島洋平………………………加藤 諒
黒種草二………………………大水洋介
筒井賢人………………………丸山智己
国枝茂雄………………………梶原 善
【レストラン編】
竹本梅雨美……………………桜井ユキ
細野 一…………………………井之脇 海
山田隆史………………………今井英二
蛇の目菊蔵……………………栗原英雄

蜜谷満作
…江口洋介

真礼
…佐藤浩市

他

■ TV STAFF

脚本：徳永友一

音楽：佐藤直紀

主題歌：ミイナ・オカベ「Flashback feat. Daichi Yamamoto」

（ユニバーサル インターナショナル）

プロデュース：成河広明

演出：鈴木雅之　三橋利行　柳沢凌介

制作・著作：フジテレビ

■ BOOK STAFF

ノベライズ：蒔田陽平

ブックデザイン：村岡明菜（扶桑社）

校閲：東京出版サービスセンター

DTP：明昌堂

ONE DAY～聖夜のから騒ぎ～（上）

発行日　2023年11月20日　初版第1刷発行

脚　　本　徳永友一
ノベライズ　蒔田陽平

発 行 者　小池英彦
発 行 所　株式会社 扶桑社
〒105-8070 東京都港区芝浦1-1-1 浜松町ビルディング
電話　03-6368-8870（編集）
　　　03-6368-8891（郵便室）
www.fusosha.co.jp

企画協力　株式会社フジテレビジョン
製本・印刷　中央精版印刷株式会社

定価はカバーに表示してあります。
造本には十分注意しておりますが、落丁・乱丁（本のページの抜け落ちや順序の間違い）の場合は、小社郵便室宛にお送りください。送料は小社負担でお取り替えいたします（古書店で購入したものについては、お取り替えできません）。なお、本書のコピー、スキャン、デジタル化等の無断複製は著作権法上の例外を除き禁じられています。本書を代行業者等の第三者に依頼してスキャンやデジタル化することは、たとえ個人や家庭内での利用でも著作権法違反です。

© Yuichi TOKUNAGA/
Yohei MAITA 2023
© Fuji Television Network,inc. 2023
Printed in Japan
ISBN 978-4-594-09635-9